光文社文庫

文庫書下ろし

見習い同心と冥府の使者

霜月りつ

KOBUNSHA

光　文　社

この物語はフィクションです。
この作品は光文社文庫のために書下ろされました。

目次

第一話　周と冥

序

暮れ六つ（午後六時頃）の鐘の最後の音が遠くで響いている。あれは大川《おおかわ》を挟んだ本所《ほんじょ》の鐘か、北の上野《うえの》の鐘だろうか。

同心見習いの高村周《たかむらあまね》は、人形町《にんぎょうちょう》にある閻魔堂《えんまどう》の前まで駆けてくると、大きく息を吐いた。汗で張り付いた前髪を額から払う。

（間に合った……かな？）

出がけに奉行所の先輩に絡まれて遅くなったのは、この髪のせいだ。同心が月代《さかやき》も剃《そ》らないヤクザな頭をしてるんじゃないとしょっちゅう怒鳴られる。同心であることが本意ではないと見せつけるためだったが、今ではほとんど意地のようなものだ。

暮れ六つの鐘が鳴る頃、と待ち合わせの相手は言っていた。鳴り終わってしまったが、まだ来ていないらしい。

見上げると満開の桜の木の向こうに大きな月が出ている。足下に舞い散った花びらまではっきりと見える明るさだった。

(きれいだ……この構図で描くとしたら)

桜と月など絵の題材としては定番中の定番だが、心が震えるのは仕方がない。以前、長崎《ながさき》で油絵の具で描かれた月と花の絵を見たことがある。日本人も異国の人間も、美しいと感じるものは同じなのだろう。

黒船がどんと大砲を撃ち込んでから十年余、世の中は揺れに揺れ、大老さまが桜《さくら》田門《だもん》外で討ち取られたり、生麦《なまむぎ》で薩摩《さつま》の藩士がイギリス人を斬って薩英戦争が起こったりしたが、みんなこの美しい桜の下で酒を飲めば、争う気も起きないのではないか……。

いや、余計な想像をした。今は目の前の仕事だ。

周は帯に差した十手《じって》の柄をぎゅっと握って、背をそらした。気をつけていないとつい猫背になってしまう。江戸の治安を守る同心、その見習いになってまだ一年、それまでは背を丸める仕事をしていたので仕方がない。

「とにかく胸を張って堂々としていることだ」

見習いとして従っている筆頭同心の小田島要之進《おだじまようのしん》はよくそう言う。亡き兄の友人でもあった彼は、同心見習いになったとき、進んで面倒を引き受けてくれた頼りがいのある人物だった。

「使ってる岡っ引きたちに舐《な》められないようにな。頼りないと思われたら、やつらは言うことを聞いてくれないぞ」

岡っ引きとは同心の手足となって捜査を行うもののことだが、その手当は同心の懐から出る。同心の給金は僅かなので、岡っ引きたちに払う金額も高が知れている。そんな金額で働いてくれる彼らの半分はならず者だ。

今使っている岡っ引きは父と兄から引き継いだ忠助《ただすけ》という老人と、市太《いちた》という若者だ。忠助は兄から頼まれたから仕方なく、という気がするし、市太は人の言うことを横顔で聞くような跳ねっ返りだ。

自分でも同心は向いていないと思うが、兄の最期の願いを聞かないわけにはいかない。高村家は祖父の代から同心だ。父も兄も同心という役目を誇りに思って生きて死んでいった。この一件がうまくいけば、兄も草葉の陰で安心してくれるだろう。

周は月を見て、桜を見て、地面を見て、また月を見た。

「遅ぇな……」

今捜査をしている二件の押し込み強盗、それに関して重要な情報がある――そう囁《ささや》かれたらどこへだって駆けつける。

優秀だった兄といつも比較してくる連中の鼻を明かしたい。そんな心根が動いたことは確かだ。

「……旦那《だんな》」

暗がりから声がかかった。周ははっと顔をあげる。桜の木立ちの下に尻をからげた男の姿が見えた。

「文三《ぶんぞう》さんか？」

周はその影に尋ねた。

顔は暗くて見えないが、昼間に居酒屋で会った男――文三と名乗った――であることは、特徴的な立ち姿でわかった。小太りなうえ、体全体が右側にひどく傾《かたむ》いているのだ。

「約束どおり一人で来たぞ」

周は呼びかけた男に近づいていった。

「押し込みの話というのは――」

うつむいていた文三が顔をあげた。その口に細長い筒が咥《くわ》えられている。ひゅっと空気を切り裂く音が聞こえた。

「うわっ！」

左目に火を押し当てられたかと思った。一瞬視界が真っ暗になる。手を顔に当てると左目に細く尖ったものが触れた。

「あははははアッ！」

文三がひどく耳障りな嗤《わら》い声を立てた。

「ざまあみろ！　ざまあみろ！　高村周！　そいつには毒が塗ってある、てめえはもう、すぐに死ぬんだ！」

その言葉にさっと背筋が冷たくなる。

（吹き矢？　毒⁉）

膝に力が入らず踏ん張ろうとして、仰向《あおむ》けに倒れてしまった。必死に首をそらすと文三がひょこひょこと体をかしげながら逃げて行く後ろ姿が見えた。

（なぜ……なぜだ……）

疑問がぐるぐると頭の中で回る。なぜ文三が自分を毒矢で？　なぜこんなことを？　じゃあ押し込みの情報も嘘か？　毒？　毒ってなんだっけ……？　目はどうなるんだ、俺は死ぬのか……。

片方残った目の中に、ひらりひらりと舞い落ちる白いものが見える。桜の花びらだ。

視線をあげると花天井の向こうに月が見えた。

（ずいぶん……青い、月だ）

花びらをぼんやりと光らせるような月。なんて美しい構図なんだ。

周は力の入らない腕をあげて、月に伸ばした。

（この絵を描きたい……やはり俺は同心には向いてねえんだ。同心なぞ、ならなきゃよかった……くそ、くそ……っ）

首をがくりと横に倒すと、しんと静まった閻魔堂が見えた。文三がこの場所を選んだのは、死んですぐに閻魔さまに会いにいかせるためだったのだろうか。

「冗談じゃ、ねえ……」

空に伸ばしていた手を閻魔堂に伸ばす。

「閻魔……閻魔よ、俺はこのままじゃ死なねえぞ……まだやりたいことがある……死んでもこの世にとどまって……必ず……」

「そいつは困るな」

一

青い月が発したのかと思った。冷たい声だ。

キイと軋《きし》んだ音を立てて閻魔堂の扉が開く。小さなお堂だ。中には閻魔像が一体しか納められていないはずだ、なのに。

中から奇妙な姿の男が現れた。

今夜の月のように青白い肌をした、絵双紙《えぞうし》の挿絵《さしえ》のように整った顔の青年だ。長い髪を髷《まげ》にもせず、髻《もとどり》で結わえただけで流しているのも物語の主役のようだった。

奇妙と思ったのは、修験者《しゅげんじゃ》のような鈴懸《すずかけ》に結袈裟《ゆいげさ》を身につけていたからだ。しかもその鈴懸は、通常は白なのに、夜のような煤《すす》色で、下の袴《はかま》は赤に見える。

黒い手甲《てっこう》をはめた手には、この季節なのに実のついた鬼灯《ほおずき》を持っていた。

「これ以上、現世にさまよう霊が増えては困る。仕事を増やすな」

青年は周のすぐそばまでくると、しゃがみ込み、顔を覗き込んだ。

片方だけの目で見てもわかる美麗な男だった。切れ長の目に高い鼻、売れっ子の絵師が描いたような絶妙な色香の唇《くちびる》。こんな場合だというのに、周は声もなく見蕩《みと》れた。

「毒矢を射られたな、このままではすぐに死ぬ。貴様、助かりたいか？」

はっとして返答する。

「あ、あたり、まえ、だ」

「では俺のこちらでの宿と飯を保証しろ。それから仕事も手伝ってもらう。それならば助けてやるが、どうだ？」

淀みなく流れる言葉は問いかけではなく、すでに決まった話をしているようだった。

「……、……、」

もう声が出ない。周はかすかに顎を引いてうなずいた。

「よし、ではまずその目をなんとかしないとな」

青年はそう言うと、手を伸ばし、無造作に周の左目に指をつっこんだ。

(うわ！)

だが痛みはない。毒のせいで麻痺《まひ》しているのだろうか。しかしそのままずるずると眼球を引きずり出される感覚はあった。青年は目をえぐり取ってしまうと、それをぽいと地面に放る。

それから同じ手で自分の目に指をつっこんだ。するっと青年の目が引き出されるのを、周は残った右目で見ていた。青年は取り出した目を自分の口の中にいれた。

周の顔の上に身を寄せると、驚いたことに、空いた眼窩《がんか》の中に口の中の目玉を押し込んできた。

(ひいっ！)

氷を押しつけられたのかと思ったほど、冷たかった。青年はしばらく目を自分の舌で押さえつけていた。やがて顔をあげ、唇を袖《そで》で拭く。

「もう少ししたら俺の目が貴様の体の中の毒を浄化する。そうしたら普通に使えるようになる」

「……あ、あう、……み、」

声が出るようになった。

「みえるように……なるのか」

「ああ、十分見える。見えすぎるかもしれんが」

また両目でものが見える。この美しい世界が見える。

「よか……た」

「なんだ、命より目が大事か」

青年が呆れたような口調で言った。周は青年の顔を見た。左目があった部分が黒く洞《うろ》のようになっている。

「あ、あんたのめ、は……」

「ああ、心配するな。代用品がある」

「代、わり……？」

青年は鬼灯を周にかざして見せた。その赤い実をひとつちぎると外側の袋を剝き、つるりと紅い実を取り出した。それも口に入れ、しばらく転がしていたようだが、やがてぷっと吐き出して、自分の空いた眼窩の中にいれた。

手でしばらく押さえていたが、離したときには目になっていた。

「どうだ？」

「……あかい……」

青年の左目は夜の中で赤く輝いていた。

「そのうち落ち着く。気にするな」

青年は周の体を抱き起こした。

「どうだ？　もう動けるだろう？」

「あ、ああ」

周は手を握ったり開いたりして確認する。

「あんたは――あんたはなんだ？　まさか、閻魔さまなのか？」

「いや、俺はただの獄卒だ」

なんでもないことのように言うが、それだってとんでもないことだ。

「俺は閻魔大王さまから命じられて、この世にさまよう魂を地獄につれてゆくために来た。

現世では一人だけ助《すけ》を使ってもよいことになっている。貴様は今日から俺の助だ。いいな？」

「地獄の……獄卒、その、助……」

へ、へへ、と周の口から弱々しい笑い声が漏れた。笑うしかない、こんなおかしな現実《うつつ》。

「ああ、わかったよ。夢じゃなさそうだしな」

ようやく口の痺《しび》れも取れ、周は身を起こした。

「俺も覚悟を決めた。あんたの助になってやる。だが、俺にも仕事があるんでな、仕事をしながらでいいか？」

「仕事はなんだ？」

「同心だ。まだ見習いだが」

青年は一度目を瞬《しばたた》いた。

「見習いとは、――新米ということか」

「そうだ。問題あるか？」

青年は一瞬眉を寄せたが、すぐに首を横に振った。

「かまわない。俺の仕事は基本見回って霊を見つけたら地獄へ送るだけだ。貴様の仕事の邪魔にはならない」

「わかった……ところであんたをどう呼べばいい？　獄卒と呼ぶわけにはいかねえだろう」

「好きに呼べ。現世の人間に地獄の獄卒の名を教えるわけにはいかんのだ」

「そういう規則なのか？　じゃあ、……くろでいいか」

周はちょっとだけ考えてそう言った。

「くろ？」

「着てるものが黒いから」

青年は自分の装束を見下ろし、それから周を睨《にら》んだ。周の周囲の気温がひやりと下がる。

「わかった、睨むなちゃんと考える！　ええっと……地獄の……冥府の使者ってわけだよな。じゃあ、――冥《めい》はどうだ？」

「冥」

青年は呟き、自分の胸に手を当てる。

「冥。腑に落ちた。それでいい」

背筋の冷たさが消え、周はほっと安堵の息をついた。

「じゃあ、冥だな。俺は高村周だ」

「貴様の名前はどうでもいい」

冥はわずらわしそうに言って、そっぽを向く。

「どうでもいいことあるか！」

「俺は冥。現世にさまよう死者の霊を送る者。俺はただいまから冥だ」

周と冥はこのまま八丁堀《はっちょうぼり》にある同心組屋敷の自宅へは戻らず、小伝馬町《こでんまちょう》のほうへ歩き出した。自分を襲った文三の家へ行くためだ。

「貴様を殺そうとしたやつが正直に住処《すみか》を教えておくだろうか」

「ほかに手がかりはねえんだ――俺を殺したと浮かれて祝杯でもあげているかもしれん」

周自身も、まあ十中八九でたらめだろうなと思っているが確認はしておきたい。

「文三という男とは、どこで知り合ったのだ」

「人形町の居酒屋だ。俺は二件の押し込み強盗を調べていたんだ」

周は早足だが冥も遅れずに付いてくる。

「二月《ふたつき》前に数寄屋町《すきやちょう》の山崎屋《やまさきや》、十日前に人形町の金剛屋《こんごうや》。炭問屋と薬屋で、職種は違うがどちらも同じ手口だった」

同じ手口とは？　と冥が目線だけで問うた。

「内側からかんぬきを開けられ、店の人間をすべてひとつ部屋に集めて皆殺しだ」

その凄惨な現場を周は見た。閉じられた襖《ふすま》にも障子《しょうじ》にも血が飛び散り、逃げようとした子供の手形が畳に残っていたのを見たとき、怒りよりも悲しみを感じた。

「まあ、偶然同じになったのか、前の事件を真似たのか、それとも同じやつなのか。奉行所でも意見が分かれている」

思い出すと胸の奥が痛くなるので、周は早口で続けた。

「ただ俺は同じ犯人なんじゃねえかと思って、両方の店の周辺で怪しいやつを見なかったかって聞いて回ってたんだ。共通する人間がいねえかって」

そうやって聞き込みを続け、聞いて聞いて聞き疲れて入った居酒屋で、文三は親し気に近寄ってきた。そして「押し込みを調べてるんでしょう？　いいネタがありますぜ」と囁いたのだ。

周はすぐにでも聞きたかったが、文三は今は言えないと時刻と場所を指定した。要は都合よくおびき出されたのだ。そのときに文三の自宅の場所を聞いていた。

「文三がなぜ貴様を襲ったのか、理由はわかっているのか」

「それがさっぱりだ。だから是が非でもとっ捕《つか》まえる」

冥はしばらく黙って周に追随していたが、ぼそりと言葉を放り出した。

「――根拠は？」

「え？　なんの話だ」

「貴様が言っていた同じ犯人かもしれないという根拠だ」

ああ、と周はちょっと気弱げに目線を下に向けた。

「……まっすぐな血糊だ」

「まっすぐな血糊？」

冥は不可解な顔をした。そうすると少しは人間くさい表情になるなと、周は軽く笑う。

「どちらの店の人間も匕首《あいくち》で刺されていた。その刃についた血を袂《たもと》で包んで拭き取る……そうするとまっすぐな血の跡が残る。どっちの店も主人の袂にそんな痕が残っていた」

周は自分の袂を振ってみせる。

「それが二件とも同じ犯人だという証拠になるのか？　偶然だろう」

「確かにな」

周は空に目を向けた。青白い月の光が通りに並ぶ家々を白と黒に塗り分ける。

「兄が言っていた。誰でも大仕事をしたら成功を祈って験《げん》を担ぐと。前にうまくいったことをなぞるんだ。犯人は最初の仕事で偶然主人の袂で刃をぬぐったんだろう。だから二度目も同じことをした、と思うんだ」

「ほう……」

冥はちょっと感心したように目を見張ったが、

「しかし、根拠としては弱いな」と呟いた。

「まあ俺もそう思うがな」

周は頭をバリバリとかきむしる。

「兄貴の真似をしてみただけで、俺だって当たってるとは思わねえ……」

周は急に足を止めた。

「どうした？」

冥が顔を覗き込む。周は今思い出したという表情で冥を振り返った。

「兄を知っているか？」

「あ？」

急に話が変わって冥はうろんな顔をした。そんな彼の肩を摑《つか》み、周は白い面《おもて》に叫んだ。

「俺の兄だ。高村義篤《よしあつ》。二年前に病で死んだ。兄は地獄へ行ったのか？　極楽へ行ったのか？」

冥は黙って周を見つめた。水の面のようにしんと静まっている。

「教えてくれ、兄は……！」

「俺の仕事は現世にさまよう死者の霊を連れ帰ることだけだ。ちゃんと冥府に逝った人間のことはわからない」

なんの感情も窺えない声音だった。周は冥の肩を摑んだままその顔を見つめていたが、やがて力なく両手を離した。

「そうか……」

さまよっていないだけ善しとするしかないのだろうか。

もし兄がいたら――なにを伝えようとしたのだろう。やはり同心は続けられないとでも言うつもりだったのか。

「悪かった。文三の家へ急ごう」

「いや、ちょっと待て」

冥は長い髪を翻し、家と家の間の路地に向かって歩き出す。あとをついていくと、細い隙間に幼い男の子がうずくまっていた。

(こんな夜更けに?)

子供は寝間着のままで途方に暮れた顔をしている。冥がその子の前に立つと、怯《おび》えた様子で見上げてきた。

「いつからそこにいる」

冥は子供に無愛想な口調で聞いた。子供は泣き出しそうな顔をして身をすくめる。

「おい、そんな調子で言ったって怖がるだけだぞ」

冥は振り向いた。

「やはり見えるか」

「え？」

「この子供は死んでいる——迷い霊だ」

周はパチパチと目を瞬いた。こんなにはっきりくっきりと見えているこの子が——幽霊？

いや、見えすぎている。夜も遅い時刻だ。普通なら闇に沈むはずが、全体がぼんやりと光っている。これが死者か。

「子供の霊は自分が死んだことを理解できないから一番多い」

冥は腕を伸ばすとひょいと無造作に子供の襟首を摑み上げた。子供が驚いて大声で泣き出す。

「お、おい。乱暴はよせ」

生きているとしか思えない。こんなにも力強く泣いているのに死んでいるとは。

「冥府へ送る」

「ちょっと待てって！」

周はぶら下げられている子供を冥の手からひったくった。

「泣くなよ、ぼうず。大丈夫だから。怖くねえぞ。な？」

揺すり上げて笑顔を作る。子供の泣き声が少しだけ小さくなった。

「なあ、ぼうずが大事にしてた玩具《おもちゃ》があるだろ？　それをお兄ちゃんに教えてくれないか？」

「お、おもちゃ？」

「そう。自慢の玩具があるだろ」

子供はひっくひっくとしゃくりあげながら、少し考えるように上を向いた。

「とうちゃんに……かってもらった、こま」

「おお、そうか。どんな独楽《こま》だ？　大きいのか？」

子供はうん、とうなずいて、両手を自分の顔くらいに広げた。

「おっきい。ひもでまいてびゅってまわす」

「うんうん、こんな感じか？」

周は子供を地面に下ろすと、懐から帳面と矢立《やたて》を取り出した。月の光の下でさらさらと描きつける。子供の目が見開かれ、ぱあっと顔つきが明るくなる。

「うん、こんなの。うえはぐるぐるで、どうにはおんま。まわすとぱかぱかはしるよ！」

嬉しそうに教えてくれる。周は微笑《ほほえ》んで矢立に筆を浸した。

「ふうん、こうかな？」

周は描いた独楽の胴の部分に馬の絵をいれた。軸の周りに渦巻きを描く。

「うん！　こんなの。すっごいつよいよ、よしちゃんにもまけないよ」

「そっか。じゃあ、これを持って行きな、だからもう泣くな」

周は帳面を切り取り、子供に持たせた。すると不思議なことに絵に描いた独楽が実物となった。これには周も驚いた。

「わあ、おいらのこまだ！」

子供は嬉しそうに抱きしめる。それを見ていた冥は、袂から赤い実のついた鬼灯の枝を取り出した。鬼灯の実をひとつもぐと、それがぽおっと明るく輝き、子供の姿がそこに吸い込まれて行く。

「あっ」

周が見ているうちにどこからか真っ白な狐が舞い降りてきた。大きく輝くしっぽを持ち、尖った顔の中で琥珀《こはく》色の目がとても大きく美しい。

呆然と見つめている周に狐は顔を寄せてきた。

「これが現世でのお前の助なの」

狐がしゃべった、と周はあんぐりと口を開ける。

「間抜け面よの。大丈夫なの」

「同心をやっているそうだ。まだ見習いだが」

「見習い」

狐は「きゃきゃきゃ」と人のような笑い声をあげた。

「見習いなの。半人前にはぴったりの助よ、の」

「半人前ではない」

冥が怒った声で言うと、子供を吸い込んだ鬼灯を放り上げた。

「冥府へ」

冥の声に、狐は口を開けてその鬼灯を飲み込むと、再び跳躍し夜空に向かう。そこに穴でもあるかのように、狐の姿は見えなくなった。

あとにはなにも描かれていない帳面の切れ端が残る。

「い、今のは……あの狐は」

「あれはダキニ。魂をあの世へ運ぶ獣だ。おしゃべりでうるさい」

空を見上げていた冥が周を振り向いた。

「子供は穏やかに逝けた。泣きわめかれて難儀すると聞いていたのだが」

「聞いていた？　あんた子供を扱ったことがないのか」

聞かれて冥はちょっとためらい、聞き取りにくい声で答えた。

「……回収は今回が初めてだ」

「なんだよ、お前も新米なのかよ。だから狐が半人前って……」

「半人前と言うな」

冥は冷たく美しい顔を周に突き付けた。

二

聞いていた文三の長屋についた。左右に五軒ずつ、あわせて十軒のよくある裏長屋だ。長屋には表店《おもてだな》と裏店《うらだな》があり、表店に住めるのはそれなりに金を稼いでいる人間で、職人や日雇い、その家族たちは裏店を借り、大家に家賃を払って住んでいた。そんな彼らは店子《たなこ》と呼ばれ、江戸の庶民のほとんどを占めた。

長屋の入り口には木戸があり、閉められていた。木戸は夜四つ（午後十時頃）には鍵がかけられる。周は近くに住む大家を捜した。

入り口の戸を叩くと、丸い顔の男が出てきた。頭の上の髷がかなり細くなり、耳の上の鬢《びん》も灰色だ。だが顔はてらてらと赤く染まってまだまだ元気そうだった。

「おう、すまねえな。ご用の筋だ」

周は十手を見せた。大家はとろんとした目つきでそれを見て、大きくげっぷをする。晩酌を楽しんでいたらしい。

「この長屋に文三ってやつはいるかい？」

「文三さん？」

大家は丸い頭を左右に巡らせた。

「ああ、いますよ」

どうやら文三は住処については本当のことを言っていたらしい。

「文三とはどんなやつだ？　なにをしている？　いつからこの長屋に住んでんだ、ダチは来たことあるかい？」

矢継ぎ早に聞くと大家は困った顔になった。

「あまりよく知んねえんですよ。去年くらいからいるけど、なんの仕事してるんだかわかんねえんで。体が不自由らしいから力仕事じゃねえだろうな。人付き合い悪くてさ、あんまりしゃべったことはありゃせん。たまに会ってこんちはって挨拶しても、うなずくだけ。

長屋の井戸さらえだって手伝わねえんですよ」

「そうか」

大家は文三にいい感情は持っていないようだった。

「長屋木戸を閉めたのは四つだよな。文三はそのあと帰ってきたかい？」

「いいえ、木戸は閉めてから開けてませんよ」

それでは文三は戻ってきていない。周は大家に頼んで木戸を開けてもらい、文三の部屋を改めた。

行灯《あんどん》もないので月明かりだけだが、驚くほどなにもない部屋だった。隅に布団が丸めてあるほかは椀のひとつもない。

「逃げたか、それとも留守にしているだけか」

周は布団の端を摘《つ》まんで呟いた。

「文三が行きそうな心当たりはないのか？」

手持ち無沙汰そうな冥が尋ねてくる。

「ない。そもそもあの居酒屋が初対面だ。住処が本当だったというのが驚きだよ」

「貴様を完全に殺したと思っていたのだろうな」

「くそっ」

周は部屋を出ると、外で待っていた大家に「文三が家に戻ったら一番近くの番所に知らせてほしい」と頼んだ。そこから奉行所に走ってもらうつもりだ。

「……おっかねえな」

長屋を出て、周は肩をすくめた。夜気は冷たくはないが、心が風邪をひきそうだった。

「なにがだ？」

「知らない人間に殺したいほど憎まれているってことがだよ。俺がなにをしたっていうんだ。俺がなにかしたんだろうか？　あいつはざまあみろと言ったんだ。俺に恨《うら》みがあるってことだろう」

「貴様個人ではなく、同心を憎んでいるのかもしれないぞ」

「いや……」

耳に残るあの嗤い声。「高村周」と名を呼んだこと。あいつは俺を憎んでいる。なぜだ？　会って尋ねたい。俺がもし、あいつに償えないような悪いことをしていたなら俺は――。

「今、答えのでないことを考えるのは時間の無駄だ」

冥がさくりと周の思考を断ち切った。

「文三の思惑違いでお前は生きている。生きていれば正解にたどり着けるだろう」

周は冥の顔を見た。白い貌《かお》は相変わらず作り物めいた美しさだったが、今の言葉には情が感じられた。

「お前、俺を励ましてくれたのか？」

「そんなことはしない」

「ありがとうよ」

「そんなことはしないと言った」

「さて、宿と飯だったな。家へ帰ろうか」

「貴様には聞く耳がないのか？」


八丁堀の自宅へ戻ると、弥平《やへい》が出迎えてくれた。父の代から仕えてくれている小柄な老人で、奉行所への行き帰りの供、家の管理の他、母親が亡くなってからは掃除や庭仕事までやってくれている。食事は弥平の女房が通いで作ってくれている。二人が住む家は組屋敷の近くの長屋だ。

「お帰りなさいませ、周坊ちゃん」

昔から変わらない呼び方に周はため息をつく。同心になり、この家の家長となったのにこれだ。弥平は「周坊ちゃんが奥様を娶《めと》られたら旦那さまと呼びますよ」と譲らない。

「ただいま、弥平。今日は客がある」

弥平はふさふさとした白い眉の下から周と冥を見上げた。その小さな目が大きく見開かれる。冥の尋常ではない美貌に驚いたのだろう。

「こいつは冥。これからしばらく一緒に住むことになるのでよろしくな。朝餉《あさげ》は二人分用意してくれ」

周の言葉に冥は小さく顎を引いた。頭を下げたつもりかもしれない。弥平も釣られたように禿《は》げ頭を下げる。

「坊ちゃん」

玄関からあがろうとした周の着物の袖を弥平が引っ張る。

「……じいは坊ちゃんのご趣味にとやかく言いたくはないんですがね、でもいくら美人でも女を先にお試しになったほうがいいかと」

「勘違いだ！」

部屋に通すと冥は畳の上に腰を下ろし、そのままごろりと横になった。表情は変わらなかったが疲れていたのかもしれない。不調法な格好でも美形ならそれなりに様になる。

周は黒い羽織を脱ぐと、立ち上がった。

「ちょっと酒でも用意しよう。出会ってからゆっくり話をするヒマもなかったな」

「別に話などしなくていい」

「俺が飲みたいんだよ。こんな夢みたいな話、飲まなきゃやってらんねえ。つきあえ」

周は台所へ行くと、棚から徳利《とっくり》を出した。一昨日買っておいた酒だ。振って確かめるとまだ二人で飲めるほどはある。猪口《ちょこ》を出して部屋に戻ろうとしたが、これではあまりに味気ないと反転した。

「なにかないか……」

棚を探すといいものがあった。それを取り出して小鉢に盛る。足つき膳の上に酒徳利と杯、小鉢を二つに箸を二膳のせると部屋に戻った。

冥は周が部屋を出て行く前と同じ姿で横たわっている。

「つまみも持ってきた。まあ、一杯やってくれ」

畳の上に置くと、冥は起き上がって小鉢を見た。

「これは？」

「小魚の佃煮《つくだに》だ。たいしたものじゃなくて悪いが」

周は畳の上に座ってあぐらをかくと、徳利を傾けてそれぞれの猪口に酒を注いだ。猪口を持って促すと、冥も不器用そうに摘まんで掲げた。

「おつかれ」

「別に疲れてない」

「こういうときはそう言うんだ」

周は酒をくいっと一気に喉に流し込んだ。

「――っはぁ！」

一気に肩の力が抜ける。

「しかしとんでもねえ一日だったな。死んだかと思ったら目玉とられていれられて……」

「見えるようになったのだからよかったではないか」

「そうだけど！」

周はパンッと自分の膝を叩いた。

冥は佃煮に手を伸ばす前に、袂から紐《ひも》でつないだ小銭をジャラリと取り出した。

「これはこちらで世話になる代金だ。納めろ」

「え？」

「食費もあるからな」

そう言いながらさらに摑み出す。周は紐でつながれたそれを拾い上げ、顔をしかめた。

「おいおい、こりゃあ三途《さんず》の川の六文銭じゃねえか」

「そうだ。現世に持ってこられるのはこれだけなのだ」

ざらざらざらとあっという間に周の前に小銭が積み上げられる。とてもあの袂に入っていた量とは思えない。

「気味悪いな」

「金は金だ」

そっけなく答える冥に、周は小銭をひとつ摘まんだ。

「そりゃそうだけど……なんか恨みや怨念がついていそうでよ」

「心配するな。恨みや怨念など、通常は死ぬ前にはそんなヒマはない」

「そんなものか？」

「そんなものだ」

周は小銭をチャリチャリと積み上げた。

「恨みより小銭のほうが重そうだ。冥途《めいど》の重い出、なんつってな」

そう言った途端、冥が片手で胸を押さえ前のめりになった。ばさりと長い髪が畳に流れる。ひどく苦しげに呻《うめ》いている。

「お、おい。どうしたんだ!?」

思わず肩に手を置く。その手の下で冥の体が震えているのがわかった。

「どうしたんだ、持病でもあるのか」

冥は、はあっと大きく息を継いで顔をあげた。もうその表情には苦悶の色はない。元の通りのつるりとした人形の顔だ。

「……気にするな」

「気になるって！」

冥はぎろりと周を睨むと箸をとって小鉢に伸ばした。佃煮を摘まんで口の中にいれた途端、ぱっと目が見開かれた。

「うまいな」

「お、そうか？」

初めて人間らしい感想を聞けたと周は喜んだ。別に名のある佃煮ではないが、昔から高村家では同じ店から買っている。周も好きな味だったので、嬉しくなった。

「しかし、目をもらったはいいが、見えすぎて見なくていいものまで見ることになるとはね。俺はこれからずっとああいうのを見ることになるのか？」

なのでちょっと軽口も出る。さっきの苦しみ方は気になるが、本人が触れるなと言っているならそっとしておこう。

「見えやすくはなっている。気をつけろ。よく見れば見分けがつく」

冥は酒と佃煮をかわりばんこに口にいれていた。

「幽霊ってのは足がなくて手を前にだらりと、こうさあ……」

周は冥の前で両手を下げてみせる。

「こういうのならわかりやすいのに」

「大体は生前と同じ姿でいる」

「じゃあ大名行列なんかがいっぺんに死んじまったときも、整然と出てくるわけか」

そう言うと冥はしばらく考えるような顔をして、それから再び呻いて前のめりになった。

「……っ」

膝に乗せた指がぎりぎりと着物を絞り上げる。顔が真っ赤になったかと思うと、今度は紙のように白く変わった。

「おい！　ほんとに病じゃねえのか！」

「……これが病というなら、貴様のせいだ」

冥は目を怒らせて周を睨みつける。

「なんだって？」

「そういうくだらないことを聞くと胸がむず痒《がゆ》くなり、腹が波打ってそれを押さえるために体中が苦しくなる」

「はあ？」

「二度と言うな」

「あんた、それ……」

周はぽかんと口を開けた。

「笑いたいのを堪えているだけじゃねえのか？」

「笑う？　なぜ俺が笑わねばならん」

冥が怪訝《けげん》そうに眉をはねあげる。

「いや、面白いことを聞いたら笑うだろ？　つか、あんた、笑いの垣根低いな」

「獄卒は笑わない」

冥はむっつりと答える。周はまじまじと佃煮を咀嚼《そしやく》している冥を見た。

「……布団がふっとんだ」

冥はばたりと仰向けに倒れた。


翌朝、布団の中で目を開けた周は、ぼんやりした頭で昨日のことを反芻《はんすう》した。冥のことを思い出した途端、跳ね起きて隣の部屋の襖を開ける。

「おい……っ！」

飛び込んで驚いた。それも当然、客用の布団に寝ていたのは幼い子供だったのだ。

「えっ⁉」

十歳くらいの子供は盛大に掛け布団を撥《は》ねのけて、斜めになって寝ている。身につけているのは昨日冥がまとっていた黒い鈴懸の下に着ていた単衣《ひとえ》の着物だ。ほとんどはだけて腰帯だけが巻き付いている。

頭の上で結んでいた髪も、紐が緩んだのか、水の流れのように広がっていた。

「おい、おい……っ！」

つついて起こすときろりと赤い左目が見上げてきた。

「なんだ、朝からうるさいぞ」

「冥？　冥なのか」

丸い頬、切れ長の瞳、赤い唇、長くまっすぐな黒髪。確かに冥の面影がある。幼くなったことで性別が曖昧になり、愛らしい少女のようにも見えた。

冥は自分の姿を見降ろし、不快そうに眉を寄せている。

「なんで……子供に……」

「地獄の住人は現世では力をかなり消耗する。だから……獄卒の中でも昼間は子供の姿に変わるものもいると聞いていた。こういうことか」

冥は甲高《かんだか》い声でそう答えると、腰よりも長く伸びている髪を頭頂でまとめ、布団の上に紐を捜した。細い首とくっきりとした鎖骨に、だらしなく開いた前から見える薄い胸元は、見てはいけないものを見ているような気がして、周は目をそらせた。

「よ、よくわかんねえが、病気とかじゃないんだな？」

「貴様は俺をそれほど病にしたいのか」

しかしかわいらしい唇からは、昨日と同じように険のある言葉が吐き出される。そのおかげでかえって周は落ち着くことができた。

「そうじゃねえが……」

昨日、調子に乗って何度もだじゃれを飛ばしたせいかと思ってしまったのだ。笑いを堪える冥は本当に苦しそうで、さすがに周も笑わせようとするのを止《や》めた。

「それより着物、そいつは小さくならねえんだな。待ってろ、俺の古着があるはずだ」

「いや、待て」

冥は周を止めるといったん着ていたものを全部脱いだ。下穿《したば》きはしっかり身につけており、周はほっとする。

冥は黒い鈴懸を両手で持ち、ばさりと振った。するとたちまちそれが小さくなる。続いて上にかけていた結袈裟も赤い袴も両手で振る。どちらもすぐに子供用のものになった。

「へえ、便利だな」

冥はさっさと衣服を身につけると、ぱんぱんと胸をはたいて両手を伸ばした。

「どうだ？」

「ああ、ぴったりだ。すごいな、地獄の技は……だけど」

「だけど？」

冥は少し不安そうに首を傾けた。

「大人ならまだしも子供がそんな山伏みたいな格好をしてるのはどうかな。目立ってしょうがないぞ。絵双紙の牛若丸《うしわかまる》みたいだ」

「そんな有名人に準《なぞら》えられるのは面映《おもは》ゆいな」

面映ゆいならそういう顔をすればいいのに、冥の表情は変わらない。

「ではこれだけ置いて行こう」

冥は結袈裟を取り、鈴懸と赤い袴だけになった。長い髪は仕方がないが、これならまだ普通の子供に見えた。

「どうだ？」

「ああ、十分だ」

周は子供の姿になった冥を弥平に引き合わせた。昨日来た男から預かることになったと説明する。昨日はいなかったようですが、と弥平は不思議がった。

「昨日の男はこいつの親父で今の捕り物で世話になっているやつだ。いつ来ても上げてくれていい」

昼間は子供で夜は大人なら、二人とも出入り自由にしておいたほうがいいだろう。

朝餉をとるための部屋で、周と冥は向かい合って座った。すでに弥平が膳を二つ、用意しておいてくれている。

「いただきます」

二人揃って手をあわせ頭を下げる。冥は箸を握るように持ってガツガツと白米を口に入れた。

「……昨日も思っていたが、お前、箸の持ち方変だな」

「食えればいい」

「いや、見ているこっちが気分悪くなる。ほら」

周は自分の箸を見せつけた。

「俺の真似をしろ」

「……俺はこれでずっとやってきた」

「この先もずっとそれでやっていく気か？　誰も教えてくれなかったのか？」

「……」

冥は一度下を向くと、箸を持ち直した。ちらっと目をあげて周の持ち方を見る。

「こうか」

「そうだ。それでご飯をこう挟む」

冥はこわごわと真似をしたが、箸がカチッと交差して飯を落としてしまった。

「あっ！」

あわてて手で拾い上げ、ぱっと周を見る。その顔に僅かに怯えが見えた。

「おいおい、誰もそんなことじゃ怒んねえよ。ゆっくり食え」

周は苦笑する。地獄の獄卒が子供になった途端、気が大きくなっていた。

冥はそのあとも苦労しながら箸を使い、時間はかかったがなんとか食べ終わることができた。

「上手になったじゃねえか」

箸を置いて指をコキコキと動かしている冥を褒《ほ》める。

「指がつりそうだ」

「きれいに食べるのは一緒に食う相手への礼儀だ」

「一緒に飯を食う相手などおらん」

冥はぽつりと言った。その言葉に周ははっと胸を突かれ、罪悪感が背中から襲ってきた。

「すまん！」

急に頭を下げた周に冥は不審げな目を向ける。

「お前の立場や環境を考えずに俺の意見を押しつけてしまった！　人はそれぞれだというのに！　兄にもよく言われたんだ、自分本位で考えるなと。なのに――」

頭を下げ続ける周に冥は小さく鼻を鳴らした。

「かまわん、気にするな」

「しかし」

「これからも貴様と一緒に飯を食うことがあるなら必要だ」

（――え……？）

周は頭をあげて冥を窺った。今の声音がひどく優しく聞こえたからだ。まるで笑みを含んで言ったような。

だが、窺った冥の顔は相変わらず冷たく、彫り込んだ人形のようだった。

三

朝餉を終えると周は弥平と共に北町奉行所に出かけた。昨日文三という男に襲われた報告をしなくてはならない。そのためになぜやつと会ったのか説明しなくてはいけないと思うと気が重かった。

「つまり功を焦ったのだな」

周の世話役の筆頭同心、小田島は微苦笑を浮かべて言った。

「は、面目次第もございません」

小者や岡っ引きも連れずに一人で出かけて殺されかけた。見習いとはいえ同心としては大失態だ。

「早く解決したいという気持ちはわかるが、あまり焦るな」

そう言われると頭の中に畳の上の小さな手形が蘇る。殺されたあの子のためにも焦ってしまったのだ。

「これからはうまい話があっても決して一人では動くな。次も吹き矢が逸《そ》れてくれるとは限らないぞ」

小田島には吹き矢は当たらなかったと報告しておいた。実は当たって死んで生き返ったなどと言っても信じてはもらえないだろう。

「このことは俺の胸に納めておく」

「ありがとうございます」

いつも髪型のことで嫌みを言ってくる伊丹《いたみ》あたりに知られたら、また絡まれるだろう。周の兄の義篤と親友だったというだけで小田島が周を引き立てるのを、伊丹はよく思っていない。たぶんやっかみがあるのだろうと周は思っていた。

小田島は優れた同心で腕も立ち、手柄も多く立てている。人柄も善く、同心たちに慕われていた。それが高村家の跡継ぎだからと素人同然の周を同心にとりあげしょっちゅう連れ歩くとなると、伊丹だけでなく他の同心も面白くないだろう。だが他の同心はさすがに大人で面と向かって喧嘩を売ったりはしない。伊丹だけがいつもケンケンと文句を言ってきていた。

「今日はどうするのだ、周」

「は、少し頭を整理しようと思います。文三が私を襲ったのは恨みだけなのか、もしかしたら押し込みに関係することもあるかもしれません。それから聞き込みも続けます」

「わかった。注意しろよ」

小田島の言葉をありがたく受けて、周は奉行所をあとにした。

(頭を整理すると言ってもな)

朝、奉行所に着いたときに弥平は帰しているので今はいない。小田島に言われたばかりだが、周は一人でぶらぶらと八丁堀を歩き、海へと流れる用水の土手まで出てきた。

周は土手を少し降り、草の上に座ると、先の見えない道のりを思ってため息ばかりを吐いた……。

「貴様、なにをしている」

土手の上から声がかけられた。子供の姿の冥が、両手を広げ、危なっかしげな足取りでよちよちと降りてくる。

「なんだ……よくここがわかったな」

「死者を追って歩いていたら、こちらから貴様の匂いがした」

「犬かお前」

「疲れているのか?」

冥が覗き込んでくる。大きな目が日差しに透けて少し紅く見えた。

「まあな。人間、どうしていいかわからなくなると疲れるんだ」

「どうしたら？　貴様のやることは決まってる。文三を捜すか押し込みの犯人を捜すかだ」

冥がしかつめらしい顔で言う。その変わらぬ表情にカチンときて、周はつい大声を出してしまった。

「その方法がわかんねえって言ってんだよ！」

しかし冥の表情はまったく変わらなかった。ひな人形のような丸い頰を川面に向けたまま、水の流れを見ている。

「手がかりがなくなっちまった。またいちから聞き込みだ」

はあっとため息をついて、周は拾い上げた石を川面に投げ込んだ。広がった波紋はすぐに流れに飲まれて消えてしまう。

「――二件の押し込みは、どちらも内側からかんぬきが開けられ、賊はそこから入り込んだのだったな」

不意に冥が事件のことを聞いてきた。昨日、周が話したことだ。

「ああ、そうだ」

「つまり店の中に仲間がいた？」

膝の上に頭を載せるようにして見上げてくる。

「そうとも言えねえ。急な客を装ったのかもしれん」

「だが、夜中だ。仲間が開けたほうが自然だ」

「まあな」

「だが店の者は皆殺しだ。手引きしたものは逃げるはずだ。長年その店で働いていれば、殺された者の中にあいつがいない、となるだろう。それは？」

かわいらしい唇からでるのはずいぶんと物騒な言葉だが、それにも慣れてきた。

「いや、近所の者を何人か呼んで死体を見せたが、すべて店の人間だった」

「では賊は手引きした者も殺したということか。乱暴なことだ」

冥はつまらなそうに呟く。

「いや……」

周は両手でぱんと自分の顔を叩いた。

「もしかしたら」

「なんだ？」

「近所の者が顔を覚えていない使用人がいたのかもしれない……」

この思いつきはなにか重要な気がする。

「顔を覚えていない？　なぜだ」

「新参者だからさ」

　ぱっと言葉が出た。胸の奥からぷちぷちぱちぱちと泡が弾けるようになにかが浮かび上がってくる。

「なるほど。働き出してすぐなら知らないものもいるだろうな」

「近所の人間全員に聞いたわけじゃねえからな」

「貴様は二件が同じ犯人の仕業だと思っているのだろう？　だとすると手引きした者も同じ人物の可能性があるのではないか？」

「――あ、」

　周はがばっと立ち上がった。今たくさんの泡がいっせいに弾けたのだが、それがなにか形になっていない。

「どうした」

　うろうろと歩き出す周に冥は眉を寄せる。

「顔を覚えられていない新参者……山崎屋の事件のあと金剛屋にはいりこんで……はいりこむ……」

　川縁《かわべり》をずっと遠くまで歩いていった周は、ピタリと立ち止まると猛烈な勢いで走って戻ってきた。

「口入れ屋だよ、口入れ屋！」

岸辺に座っている冥の肩を摑んで揺する。

「商家に新しく使用人を雇うには親戚を雇うとか近所に口をきくとかあるけど、一番多いのは口入れ屋だ！　二件が同じ犯人だとすると、口入れ屋はどちらの店にも同じ人間を紹介したはずだ。そいつが一味の仲間の可能性がある。ありがとう冥！」

がくがくと揺さぶられた冥は、蠅《はえ》を払うような仕草で周を除《よ》けた。

「俺はなにもしておらんぞ」

「お前と話してて頭の中がつながった！　口入れ屋に行ってみる！」

「待て、俺も行く」

駆けだそうとした周は冥を振り返り、その姿を見てためらった。今の冥は幼い子供だ。同心が子供と一緒に聞き込みをするのはまずいだろう。しかも、やたらかわいらしい顔をしているので稚児《ちご》かと思われるのも困る。そう言うと冥はふんっと鼻を鳴らした。

「気にしなくてもよい」

「いや、気にするのは相手のほうなんだけどな」

しかしお前のおかげだと言ってしまったから邪険にすることもできず、周は冥を連れていく始末になってしまった。

市中に口入れ屋は何軒もある。だが、わざわざ遠い町の店には行かないだろう。山崎屋と金剛屋のある日本橋《にほんばし》周辺の口入れ屋に絞って、周は歩き回った。

「山崎屋さんと金剛屋さんに奉公人を紹介ねえ……いやあ、うちじゃないな」

「ずいぶん前には紹介したこともあったけど、最近はないねえ」

「山崎屋さんと金剛屋さん？　いや、うちではそんな娘なんか紹介してないよ」

「けっこう前に山崎屋さんに手代見習いを紹介しましたね。けど、一年くらいで辞めちまったようで、叱られたことがありますよ。それ以降はないねえ」

全部で四軒回ったが全滅だった。もしかしたらこの周辺ではなかったのかもしれない。他の地域も回ろうか、なら岡っ引きも使ったほうがよさそうだ……。

周がそう考えていたとき、冥が後ろから軽く膝裏を蹴った。

「うわっ！　なにをする」

「三軒目の口入れ屋に戻れ」

「え？」

「主《あるじ》が嘘をついていた」

その言葉に、周は目を見開いて冥を見た。

「そういうのわかるのか？　獄卒の力なのか？　さすがに閻魔さまの配下だな！」

「そうじゃない」

冥は呆れた顔で大きく息をついた。

「三軒目の主人は『そんな娘なんか紹介してない』と言った。貴様はただ使用人を紹介しなかったかと聞いただけなのに」

「え……」

周は記憶を探った。そうだったろうか、あまりに自然な話しぶりでまったく引っ掛からなかったのだが。

「たぶん、二つの店に娘を紹介したのだろう」

「それを早く言え！」

急いで三軒目の口入れ屋『大隅屋《おおすみや》』へ戻ると、店が見えたところで冥が周の羽織の裾を摑んだ。

「なんだ！」

「ちょっと待て。霊がいる」

「え？」

周は目を瞬かせて店の入り口を見た。そこに幼い少女が立っている。ぼうっと白っぽく光っているので霊だとわかった。だが、周は頭《かぶり》を振った。

「お前の仕事は後回しにしてくれ。とにかく主人に話を」

冥は周の声にかぶせて言った。

「誰か出てくる」

「聞けよ！」

暖簾《のれん》をくぐって出てきたのは絣《かすり》の着物を着た十四、五の娘だった。これは生きている。生気のない顔をしているが、霊に比べると確実に厚みが感じられた。すると店の前にいた少女の霊がそのあとをついてゆく。

「俺たちもあの娘を追うぞ」

冥は周の着物の袖を引っ張った。

「いや、俺は口入れ屋を……」

「店は逃げない。それより霊が生きた人間に憑《つ》いているほうが危険だ」

「そ、そうか」

確かに幽霊に憑かれているのは大事だ。娘の顔色が悪いのも気になる。周と冥はしおしおと歩いて行く娘のあとを追った。

娘は川縁まで歩くと、柳の木の下でしゃがみこんだ。しばらくじっと流れを見ていたと思ったら、やがて両手を顔に当て、しくしくと泣き出した。幼い少女の霊はそのそばを心配そうな顔をしながらうろうろする。何度か声もかけているようだが、娘には聞こえないのだろう。

「あれは……取り憑いて悪さをするような霊には見えないな」

「悪さをしなくても現世にいることが罪だ。捕まえる」

「いや、ちょっと待てよ」

周の言葉が終わらないうちに冥が娘に近づいた。娘は顔をあげて奇妙な格好の少年を見つけ、少し驚いた顔になった。霊がぱっと娘の前に出て手を広げる。その様子は娘を守っているかのようだった。だが、冥が霊に手を伸ばそうとした途端、姿を消してしまう。

「しまった」

冥はあたりを見回すと、霊を捜すために娘から離れた。あとには周と娘だけが残されている。娘は黒い羽織の同心姿を見て、怯えた顔になった。

「あ、いや、大丈夫。お前にはなにもしないよ」

周はあわてて手を振った。見習いを一年やって、同心というだけで怖がられたり嫌われたりするのには慣れたが、若い娘から怯えた目で見られるのはまだつらい。

「あの、さっき大隅屋から出てきたな。あそこで働いているのかい？」

「え、はい……」

娘は小さな声で答える。

「あの店の紹介で山崎屋さんや金剛屋さんに奉公にいった娘さんを知らないかな」

その途端、娘は顔色を変えた。本当に額から頬にかけて血の気が引き、真っ白になった。目は大きく見開かれ、顎ががくがくと震える。

「お、おい。どうしたんだ」

娘はさっと立ち上がると周の前から走り去った。周は一瞬捕まえようと手を伸ばしたが、やめた。

(あの様子……まさか)

二つの店に奉公に出されたのはあの娘自身ではないか？　だとしたら。

「もっといい確かめ方があるじゃねえか」

しばらく待っていると冥も戻ってきたので、周は一緒に組屋敷へ戻った。部屋にあがり、文机《ふづくえ》に向かうと大きめの紙と硯、筆を用意する。

「なにをするのだ？」

冥が年齢にあった素振りで首をかしげる。それに周は笑って答えた。

「まあ、見てろって」

筆先を墨に浸し、紙に載せる。ためらいはほんの僅かだった。す、すす、と筆を動かすと、紙の上に娘の輪郭が浮き上がる。

「ほう」

覗き込んでいた冥が小さく声をあげる。そこに描き出されたのはさきほど川辺で泣いていた娘だった。

「娘の似顔絵か。あの娘は貴様の好みというわけか」

「お前な、かわいい口でゲスなこと言うんじゃねえよ」

周は筆を進める。墨が生み出す細い線は、涙で潤んだ目や、後悔で噛《か》んだ唇までわかるようだ。顔だけでなく、娘の内心まで写し取る。

「昨日の独楽のときも思ったが、貴様は絵がうまいな」

「まあな。同心になる前は絵師だったから」

「絵師」

「俺は目がいいんだと絵を教えてくれた師匠は言ってくれた。ものをちゃんと見てるって」

周は絵を両手で持って外の光に透かした。

「久々に描いたにしては上出来だ」

「この絵をどうするのだ？」

「押し込みに入られた店の周囲に聞き込む。この絵に似た娘を見なかったかと。もしいたらあの娘が押し込みの引き込み役で、同じ娘を二軒に紹介した口入れ屋も仲間ということになる」

冥は周の言葉をじっくりと考えているような顔をしたが、首をかしげた。

「そこまで当たりをつけているなら娘と口入れ屋を捕まえればいいではないか」

「ばっか。そんなことしてみろ、娘と主人を捕まえても仲間たちは逃げちまわあ。できれば一網打尽にしたいんだよ！」

周は勢い込んで言った。

周は絵を持って山崎屋の周辺の店に出入りした。どこの店でも反応は鈍かったが、一人だけ、絵の娘が店の前を箒《ほうき》で掃いていたことを思い出してくれた。

「かわいい子だったんでよく覚えてる。この絵いいなあ、探索が終わったらもらえねえかい？」

野菜を天秤で担いで売っている若者だった。挨拶してもそそくさと店の中に入ってしまったと話してくれた。

「おしゃべりが嫌いみたいでさ、何度か話しかけたんだが、掃除も中断して店に引っ込んだよ」

それは顔を覚えられないようにと言われていたからじゃないだろうか？

周は川辺で泣いていた娘を思い出す。あの娘は全身で寂しいと叫んでいた。声もなく訴えていた。誰ともつきあわず、誰にも覚えられず、それはまるで幽霊だ。

金剛屋の周辺でも絵を見て娘を思い出してくれたのは一人だけだった。隣の店のご隠居で、日がな一日店の前の木箱に座って通りを見ているのだと言う。

「猫がのう」

老婆はしわに埋もれた目を細めて話した。

「猫が餌をもらいにくるんじゃ。朝飯のシラスをな、残しておいてやるんじゃよ。あの娘は猫をじっと見ておったな。一緒に餌をやるかと言ったが、すぐに店に入ってしもうた。それでも次の日に自分の朝ご飯の残りを持ってきてくれたんじゃ。それっきりだったがのう。金剛屋さんがあんなことになって、かわいそうに、あの子も死んでしもうたんかのう」

老婆の目の縁に涙がにじんでいる。

「わしのような年寄りがいつまでも生きて、あんな若い娘が死んでしまうなんてのう……」

生きているよ、とは言えなかった。もしあの娘が押し込みの一人なら、よけいに老婆を悲しませてしまうかもしれない。

しかしこれで確かになった。あの娘は二軒の大店《おおだな》の使用人だった。そしてどちらの事件でも死体はない。

周は似顔絵と証言を携えて奉行所に出仕した。話を聞いた小田島は、周と同じく、今口入れ屋を捕らえても仲間は逃げるだろうと考え泳がせることにした。

「口入れ屋は必ず娘をどこか大店に奉公に出すはず。それが押し込みの開始だ。岡っ引きたちに口入れ屋を見張らせ、主人が娘を連れ出したら行き先を掴む。あとは押し込みを待てばいい」

そう話が決まった。小田島は周の絵の腕前を褒めた。

「さすがは元絵師だ。すばらしい似顔絵だったぞ」

「ありがとうございます」

「あとは連絡を待とう、捕り物のときにはお前も参加するのだぞ」

「はい」

小田島はしみじみとした目で周を見つめ、微笑んだ。

「お前の兄も喜ぶだろう」

奉行所から出るともう日が落ちていた。春の夕暮れは町中でもどこかほんのり甘い色を浮かべている。

「遅かったな」

不意に声をかけられ振り向くと、冥が奉行所の壁に寄りかかって立っていた。大人の姿だ。子供のときは外していた結袈裟をまとい、手にも手甲をつけている。

「お、元に戻ったのか」

「日が落ちたからな」

それでもまだ西の空はほんのり朱がかっていて太陽は沈みきっていない。

「奉行所の判断はどうなった？」

「しばらく泳がせようってことになったよ」

周は歩き出した。手には朝、弥平に持たせていた荷を持っている。屋敷の雑用をしてもらうために、いつも昼過ぎには帰しているのだ。

「やつら、きっともう一軒やる」

「なぜわかる？」

「三、という数がきりがいいからさ」

冥は片眉を跳ね上げ、周をねめつけた。

「それはただの貴様の考えだろう」

「こういうのは案外普通の人間の考えが正しいと兄が言っていた」

自信たっぷりに答えてやると、冥が鼻から息を吐く。

「貴様の兄は捕り物の手本か」

「俺にとっちゃな。昼にも言ったが、俺は同心見習いになる前は絵師だったんだから手本は必要だ」

周は八丁堀の手前を右に曲がり、青物町《あおものちょう》へ入った。細い通りに軒提灯が灯りを点《とも》している。腰高障子は開けはなたれており、周は『こぎく』と染め抜かれた紺の暖簾をくぐって中に入った。

二間（約三・六メートル）ばかりの小さな居酒屋で、半分ほど席が埋まっている。

「ここで食うのか？　晩飯は用意されているのではないのか」

あとについてきた冥が物珍しげに店の中を見回した。

「まあ、飯が残っていれば明日の朝飯にしてくれるだろう」

周が席につくと若い娘が「いらっしゃい」と明るく声をかけてくれた。

「酒となにか焼いたものを二つずつ」

「佃煮も」

周の注文のあと、冥が付け加えた。

「気に入ったのか？」

「悪くない」

すぐに酒と佃煮の小鉢が出てくる。店の娘は冥の顔に惚れ惚れとした目を向けた。一年通っている周には見せたことのない顔だ。

「高村さまあ、こちらの方はぁ……」

声も甘くとろけている。周は冥をひと睨みして、娘に笑顔を向けた。

「これは俺の知り合いの修験者で、昨日山から下りてきたばかりなんだよ。冥って呼んでやってくれ。冥、こちらはこぎくの看板娘のよもぎちゃんだよ」

「はじめましてぇ」

よもぎは丸盆を胸に抱えてくねくねと身をよじった。

「お山で修行なんてすごいですねえ。お疲れでしょう、たっぷり食べてくださいねぇ」

そう言うとさっと調理場に行き、豆腐の煮たものを持ってくる。

「こちら、あたしの気持ちですぅ」

「よもぎちゃん……」

周が言いかけたとき、店の奥で「俺の豆腐はまだか」と声があがった。周は豆腐を見て、よもぎを見る。よもぎはちろっと舌を出して、声をあげた男をなだめに走った。

「色男はいいねえ」

周は豆腐の鉢を箸で冥の前へ押した。

「頼んでいない」

冥は豆腐を親の敵のような険しい顔で見ている。

「いいから食ってやれよ。よもぎちゃんが喜ぶ」

「人を喜ばせるために食うわけではない」

「いいから！　うまいから食え！」

銚子を一本二本と空け、いい心持ちになった周は机の上に零《こぼ》した酒に指を浸した。

「ああ、絵が描きたいな」

そういいながら線を引く。描かれたのは客と笑い合っているよもぎの横顔だ。

「描けばいいだろう。同心をやってても絵を描く時間くらいはある」

「筆を執るとな、一晩中描いちまう。そうしたら朝起きられねえよ」

周はへらへらと笑いながら言った。

「俺ぁ、ガキの時分は剣術が得意だったんだ。一緒に習ってた兄よりも剣才があるって褒められたこともある。だけど十の年に父に連れられていったどこぞのお屋敷で掛け軸を見てな」

天に向かって勢いよく登る龍の絵だった。その迫力に幼い周は動けなくなった。

「その父の友人の家にはたくさんの絵があったんだ。龍の絵は北斎《ほくさい》の肉筆だった。他にも師宣《もろのぶ》や清長《きよなが》の肉筆……浮世絵もたくさんあった。広重《ひろしげ》の五十三次なんていくら見ても飽きなかった……それで俺は父に絵を習いたいと言ったんだ」

どうせ父の跡は兄が継ぐ。だったら自分はまったく別な道を生きたい。

父はいい顔をしなかったが兄が後押ししてくれて、評判のよかった歌川《うたがわ》派に入った。そこから線を引く練習を始めた。

工房には大勢の人間がいて、みんな元の職業も年齢もばらばらだった。同心の子の周も特別扱いせず、いい絵を描けば褒め、だめな絵は下手だと笑った。言葉遣いも工房のものに染まって町人のようになってしまい、時折兄にたしなめられた。

楽しい日々だった。

師匠は周の目を認め、一流の絵師になれると太鼓判を押してくれた。長崎に蘭画を学びに行かせてもくれたのだ。もちろん費用は兄が出してくれた。戻ってきたら絵師として独り立ちするつもりだったのに。

父が病で死に、兄も同じ病に倒れたと聞いたのは長崎にいるときだった。必死に戻ってきて見た兄は、骨と皮になっていた。

「周、すまぬ……」

兄は震える指で周の手を握った。

「お前には……自由に生きてほしかった……」

「兄上」

「高村の家を……頼む」

「わかりました！　俺が跡を継ぎます！　同心になります、だから安心して……っ」

「すまぬ……」

兄の最期の言葉だった。兄は最期まで同心の道を押しつけたことを申し訳ないと思っていたのだろう。だが今まで好き勝手やってこられたのは兄がいたからだ。

「だから俺は早く立派な同心になり、兄の後悔を慰めたいんだ」

周は描き上げたよもぎの絵を指でかき消した。

「すまねえ、酒のせいだな。つまらない話を聞かせちまった」

「そうだな」

冥はあっさりと答えた。お前などに興味はない、そう言われているのと同じだが逆に胸が軽くなった。

「なあ、冥府ってどんなとこなんだ？　地獄絵図は観たことあるが、本当にあんなふうに鬼が人を茹でたり針山で刺したりしてんのかい？」

周は卓の上で両手を組み、そこに顔を載せて酒を飲んでいる冥を見上げた。

「……現世の人間に冥府の話をすることはできない」

まるで水でも飲んでいるように、冥の白い貌に乱れはない。

「いいじゃねえか、ちょっとだけ教えてくれ、ちょっとだけ」

「だめだ」

「じゃあさ、俺は死んだら地獄へ行くかい？」

周は卓の上にさらに酒を零し、指でなにか描いていく。

「それも言えない」

「生まれ変わったら今度こそ絵だけを描いていけるかね」

そっけない冥の返事にもめげず、卓の上の絵が伸びていく。

「生まれ変わりのことは一番教えてはいけないことだ」

「どれもこれも駄目じゃねえかよ、つまんねえ！」

「貴様、飲みすぎだ」

冥は周を睨むと顔の前に手を突き出した。親指と中指がくっつき、残りの指は立ててある。いわゆる狐こんこんの指の形だ。

「なんだ？　狐？　そういやダキニってのが……」

ぱしん、と音をたてて冥の中指が周の額を弾いた。その途端、周は大きくのけぞり、椅子代わりの酒樽の上から転がり落ちる。

「あーあ、高村さま、なにをやってるんだか！」

よもぎが飛んできて気を失っている周を抱き起こす。

「ねえ、そっちの色男さん、手伝ってよぉ」

文句を言いながらもしなを作ってみせたよもぎは、卓の上に描かれた絵に気づいた。

「なにこれ……」

そこには桜が大きな枝を広げて咲き誇っていた。

そんなわけで周は翌日から通常業務をこなしながら、押し込み一味が動くのを待った。

同心の仕事は多岐にわたる。押し込みや窃盗、人殺し、そうかと思えば犬も食わない夫婦喧嘩に隣近所の諍いの仲裁。筆頭同心の小田島は早く慣れさせるためか、どんな小さな事件にも周を出向かせる。周はひいひい言いながら江戸の町を駆け回った。

冥はと言えば、朝は子供の姿で飯を二杯もおかわりし、そのまま町へ出て霊を探し回っている。夕刻になると大人の姿になって奉行所の外で周を待った。

なぜ毎日冥が迎えにくるのか今ひとつわからないが、二人でのんびりと暮れる江戸の町を歩くのは嫌いではなかった。

一緒に居酒屋に入ることもあれば、屋敷で向かい合って晩飯を食うこともある。食事のあとは軽く酒を飲む。冥は佃煮さえ出ていればいいらしい。

しかしそうして同じ釜の飯を食いながら、冥はまだ一度も笑顔を見せなかった。

そんなふうに日々が過ぎ、四日後。ついに大隅屋が動いた。

店を張っていた岡っ引きたちが、大隅屋が娘と一緒に日本橋の呉服屋、箕升屋《みますや》に入ったと報告してきた。

「今度は箕升屋を襲うつもりか」

「その日はいつだ」

「ずっと店を張ってるしかないのか」

同心たちは喧々諤々《けんけんがくがく》と検討を重ねた。

毎晩箕升屋の周辺を警備する、という話も出たが、それでは押し込みの一味に気づかれる恐れがある。どうする？

ピリピリとする同心たちに向かって、周はおずおずと手をあげた。

「よろしければ……策がございます」

四

箕升屋の店前で若い娘が箒を使って掃除をしていた。年はまだ十四、五だろう。手ぬぐいを姉さんかぶりにしていたが、前を長くして顔に深く影を落としている。必要以上にうつむき、端からは鼻先と口くらいしか見えなかった。

できるだけ顔を見られないようにしろ。

彼女をこの店に斡旋した大隅屋の主人に、そうきつく言われていたからだ。

店の中でも常にうつむき、話しかけられれば答えるが、こちらからは話さない。ひっそりと静かに、大人しく目立たず。まさに幽霊のように過ごしている。

箒で掃いているのは桜の花びらだった。そろそろ盛りもすぎ、あちこちで舞い散っている。このあたりには桜は見えないのだが、どこからか運ばれてくるのだろう。

集めた花びらをちりとりにいれようとしたときだ。

「娘」

声がかけられた。甲高い声に女性かと思ったら、子供だった。黒い着物に赤い袴、長くてまっすぐな黒髪を背中に流している。

この奇妙な姿には覚えがあった。何日か前、河原で泣いているときに声をかけてきた男と一緒にいた子供だ。

「……っ」

娘は箒にすがりつくように両手で握り、後ずさった。

「待て、これを見ろ」

子供は生意気な口調で言うと、一枚の紙を渡してきた。娘は震える手でそれを受け取り、二つに畳まれた紙を開いた。その途端、叫び出しそうになった。

「こ、これ……っ！」

「この絵のことを知りたければ、なんとか仕事を抜けてかごめ神社まで来い」

子供は近くの神社の名を言った。

「そこでずっと待ってる」

そう言うと、さらりと髪を翻して去っていった。

娘は子供の背を見送り、もう一度紙に目を落とした。その紙には幼い女の子が口を結んでこちらを見ている絵が描かれていたのだ。


周と冥はかごめ神社の賽銭箱《さいせんばこ》の前に座っていた。娘がいつくるかわからないので、長期戦を予想して、水の入った竹筒や、握り飯を持ってきている。

ただ周としては娘がくるまで好きなだけ写生ができるので、その時間もまったく苦にならなかった。

かごめ神社には花びらを振りまいている桜があり、松があり、猫も石灯籠《いしどうろう》の上で寝そべり、写し取る対象に困らない。

嬉々として筆を動かしている周を、縁に寝転びながら、冥は見つめていた。

「楽しそうだな」

「ああ、楽しいな。仕事中に堂々と絵が描けるというのがより楽しい」

「そういうものか」

「そういうもんだ」

周はさらさらと筆を滑らせ、横になっている冥を描き始めた。冥がそれに気づき身を起こす。

「よせ」

「なんだ？　絵にするのも規則でだめなのか？」

冥は目線を上に向けて、怒った顔を作った。

「だめだ。冥府のものを記録に残すな」

「記録じゃねえよ。こんなものあとあとまで残りゃしねえ」

「それでもだめだ。描くな」

周は手の中の描きかけの絵に目を落とした。右手を枕に左足を立てた大人のような姿で寝ている子供……かわいらしいし、うまく描けている。

「わかったよ、もう描かない」

周は帳面の新しい紙をめくり、さて次はなにを描こうかと筆をなめる。目を鳥居にむけたとき、その向こうに影が見えた。

「来たぞ」

箕升屋の軒先で掃除をしていた娘——川縁で泣いていた娘が小走りで鳥居をくぐった。

周は矢立と帳面を懐にしまい、立ち上がった。

「あ、あの！」

娘ははあはあと息を切らせて周の前まで来た。

「まなを知ってるんですか、まなはどこですか！」

真っ赤な顔をして必死な目で見つめる。周は娘の両肩に手を置いて、穏やかに言った。

「落ち着け。あの絵の娘はまなというんだな？　それでお前の名は？」

「ま、まお」

娘――まおは手の中の紙を広げて言った。

「あたしの妹は、まなは、どこにいるの！」

周と冥は顔を見合わせた。この絵は周が川縁で泣いていたまおのそばにいた霊の姿を描いたものだ。霊になっている以上、彼女が行方を聞いている少女は――。

「その娘なら」

冥が口を開いたのを周があわてて塞ぐ。

「なにをする」

冥は泥でも食わされたというように、周の手を払いのけた。

「い、いや、ちょっと待て。それよりこの絵の娘、まなと言ったか？　まなは行方不明なんだな」

「そうだよ、大隅の旦那が隠しちまったんだ、病気だから療養してるって。いくら頼んでも会わせてくれないんだ！」

まおの目に涙が浮かんでいる。

「ずっとずっと、旦那の言うこと聞いてきたのに、いっぺんも……っ」

「それは――」

「おい」

大隅屋の主人はまおの妹が死んだことを隠して彼女をいいように扱っているのか？

冥が周の着物の袂を軽く摘まんだ。視線のほうを見ると、青白く光る少女の姿があった。まなだ。悲しそうな顔をして、姉の後ろに立っている。

彼女は両手をあわせて姉に必死に語りかけているようだった。だが、冥が動く前に姿を消した。

「まおと言ったな、お前は大隅屋に言われて店に入り込み、かんぬきを内側から開けて押し込みを入れているのか？」

周は真正面から聞いた。まおはそれを聞いた途端真っ青になり、ガタガタと震えだした。

「山崎屋、金剛屋、他にも押し込みの手伝いをしたか？」

「あ、あたし、あたしは――」

「人が殺されることをわかってて、手助けをしたのか」

「こ、殺された……？」

まおの体の震えが止まった。息も止まってしまったようだった。まおはへたへたと座り込み、やがてわっと泣き出した。


まおが落ち着くのを待って、周は話を聞き出した。まおとまなは火事で焼け出された孤児で、おもらいをしながら生きていたところを大隅屋に引き取られた。

店でこき使われているうちにまなの具合が悪くなり、大隅屋は彼女を店から連れ出した。妹の容態も聞けないうちに一年、二年とすぎ、三年たった頃、大隅屋はまおを山崎屋へ奉公に出した。

大隅屋でこき使われているより、山崎屋は楽だった。ただ大隅屋の主人から、店の人間と親しくするな、近所の人間にも見られるなときつく言われていたので、山崎屋では大人しくしていた。

そのうち大隅屋から連絡が来て、店の木戸のかんぬきを開けておくよう言われた。

きっと悪いことをするのだ。そう思っていたが、この仕事をうまくやれば妹に会わせると言われれば、やるしかなかった。

その日、夜中に起きて木戸のかんぬきを開けた。黒ずくめの男たちが六人、店の中に入っていった。まおは庭の茂みにしゃがんでことが終わるのを耳を塞いで待っていた。

そのうち眠ってしまい、気がついたら大隅屋に戻っていた。

それからずっと大隅屋に閉じ込められて、外の様子はいっさいわからなかった。もちろん、妹にも会わせてもらえなかった。

しばらくして今度は金剛屋に行けと言われた。次こそ妹に会わせる、その言葉を信じるしかなかった。

そして同じようにかんぬきを開け——。

「やつらが何をしているのか知らなかったのか」

「泥棒をしてるのだとは思ってたけど……まさか……」

まおは力なくうなだれていた。

「あたしはまなに会いたかっただけなのに」

「押し込みの連中の顔はわかるか？」

周は地面に片膝をつき娘の顔を覗き込んだ。だが、まおはゆらゆらと頭を横に振った。

「あたしが知ってるのは大隅屋の旦那だけです。かんぬきを開けたときも、みんな黒い覆面をしてたからわからない……」

「やはり仲間はばらばらに住んで、仕事があるときだけ集まるんだな」

これではまおと大隅屋を捕まえても一味を一網打尽にはできない。

「まお。頼みがあるんだ。押し込みたちを捕まえたい。協力してくれないか？」

「……………」

まおは地面に顔を向けたままだ。

「頼む、このままじゃお前は何度も大隅屋に使われるだけだ。そして人が死ぬ」

まおの手が、地面に敷かれた小石をじゃり、と握った。

「まなに……………」

「え？」

「まなに、会わせてくれる？　この絵――」

まおは震える手でかさかさと絵を広げた。

「まなに会ったんでしょう？　まなは元気？　どこにいるの？」

「それは……」

周は言い渋った。霊の顔を思い出しながら描いたとは言えない。妹の生存だけを励みに生きてきただろう娘に、もう死んでいるのだとは。

「会わせてやる」

そう言ったのは冥だった。賽銭箱の上に腰を下ろし、足を組んで周とまおを見下ろしている。


「会わせてやるからその男に協力しろ」

「本当!?」

まおは子供の冥ではなく周に向かって叫んだ。

「ほんとにまなに会わせてくれる!?」

なんてこと言うんだ、と周は冥を振り返った。だが冥は落ち着いた表情で周を見返し、軽くうなずいた。その様子は、もしかしたら冥が冥府の力を使ってなんとかしてくれるのかもしれない——そう思わせる力強さがあった。

「わかった、約束する。お前の妹に会わせよう」

「……ありがとう！　同心さま」

まおはぱっと立ち上がるとしゃがんでいる周にしがみついた。その勢いによろけそうになったが、なんとか抱きかかえしてやる。

「それであたし、なにをすればいいの？」

涙でいっぱいの顔でまおは聞いてきた。周は一度咳払いをすると、考えていた計画を打ち明けた。

周と冥がまおに出会って三日後、その夜は十五夜の一日前だったが、月は大きく正円に見えた。

道は白く照らされ、小石の影のほうが石よりも大きくくっきり見える。

その夜の道をひたひたと走る一団がいた。全員黒っぽい着物を着て、黒い覆面をしている。

その一団は大きな店の前にくると、とんとんと扉を叩いた。

すぐに通用門が開いて、娘がおどおどと顔を覗かせた。

「よう、どうだ」

太い声に娘は首をすくめ、

「はい、予定どおりみなさん大山詣《おおやままい》りにでかけております」

と答えた。箕升屋の主人と妻に番頭、それに三人の手代が揃って大山詣りに行く。その日は丁稚《でっち》たちしかいない。

三日前に娘はそう報告してきた。

大隅屋はその話に喜んだ。今まで二度押し込んだが、やはり一家全員を殺すのは時間がかかるし手間だ。人数が少ないならそのほうが楽にできる。

大隅屋は押し込みの日を決め、江戸に散らばっている配下に声をかけた。

もともと小さな窃盗を繰り返し、貯めた金で五年前に口入れ屋を買い取った。商売に精をだし、信用を築いてから大仕事に手を出そうと思っていたのだ。

山崎屋は手馴らし、金剛屋は確認、そして箕升屋が成功すれば、またしばらく大人しくしておく。そして再び動く。

大隅屋は覆面の中でほくそ笑んだ。仕事は荒いが根は慎重なのだ。それでこれまで順調にやってきた。

木戸を開ける娘を見る。幼いときからよく働き、今はずいぶんとべっぴんに育った。勿《もっ》体《たい》ないが、この仕事が終われば死んでもらおう。

ずっと妹に会いたいと言っていたのだ、死んでそばにいけばいい。

木戸が開ききり、男たちがいっせいに店の中に入る。丁稚たちの部屋は聞いていたから先に何人かそちらへ向かわせた。

「お前はここで待ってろ」

くぐもった声でそう言うと、従順にうなずく。娘は逃げない、妹が生きて自分の手にあると思っている限り。

大隅屋は龕灯《がんどう》に火を入れ、店にあがった。最後の仕事だ、きれいに片付けよう。

だが。

店の奥から悲鳴が聞こえた。知らない男の怒号《どごう》も聞こえる。大勢のわめき声も聞こえた。

「なんだ!?　どうなってやがる!」

その声に応えるように、黒い羽織の同心が廊下に飛び出してきた。手にした龕灯の光を十手が跳ね返す。

「覚悟しろ!　大隅屋!」


集団の中で最後に入ってきたのは大隅屋の主人だった。口入れ屋にいったときに対応した主人、眉が下がり鼻が大きく、ずいぶん下のほうにおちょぼ口がある。まるで失敗した福笑いのような顔だと、周は会ったときに思った。

悪いことができなさそうなひょうきんな顔。だが、この顔で大勢を殺したのだ。

「覚悟しろ!　大隅屋!」

周はそう叫んで飛びかかった。大隅屋が龕灯を投げつける。それを十手で払い除《の》けると、龕灯が壁に当たり、中の蠟燭《ろうそく》が転げ出た。

火事になる!

あわてて蠟燭を踏んで火を消す間に大隅屋は逃げ出した。

「野郎！」

土間を走り、身を屈めて木戸を出る。月夜に逃げる大隅屋の背中が見えた。

「逃がすか！」

はっとした。飛び出した大隅屋の先に黒ずくめの男が立っている。黒い鈴懸、黒い結袈裟、長い黒髪。

月の光の下にくっきりと、思わず描きたくなるような立ち姿。

「冥！　そいつを捕まえろ！」

周が叫ぶと、低いのによく通る声が答えた。

「それは俺の仕事ではない」

「てめえ！」

大隅屋が冥の横を通り過ぎようとしたとき、周は叫んだ。

「佃煮、買ってやる！」

その瞬間、冥は袂から鬼灯を滑らせ、その枝先で大隅屋を打った。大隅屋は二間あまりも吹っ飛ばされ、通りの向かいの店の壁に叩きつけられた。

「やるねえ」

周が駆け寄って十手を突きつけると、驚いたことに大隅屋も跳ね起き、匕首を構えた。

ぜえぜえと肩で息をしている。今、自分がなにをされたのかわかっていない顔をしていた。

「大人しくお縄を頂戴しろ！」

こんなときの常套句《じょうとうく》を叫ぶと、大隅屋はおちょぼ口から唾を吐いた。

「まおを使って俺らをはめたな、同心も卑怯な真似をしやがる」

「どっちが卑怯だ。妹に会いたいという姉の気持ちをさんざん利用しやがったくせに」

「けっ、まおを籠絡《ろうらく》したか。なんだ、金か？　それとも体でも使ったか」

下卑た顔で嗤う。

「そんなことするかよ」

周はぎゅっと十手を握る。

「使ったのは情だ」

大隅屋は匕首をひらめかせると、声もなく襲いかかってきた。体を躱《かわ》したが大隅屋の匕首は、目にも止まらぬ速さでシュシュシュと突き出された。かろうじて十手で受け止めると、今度は足を使ってきた。

（こいつ、じじいのくせに喧嘩慣れしてやがる！）

周は十手を帯に戻し、刀を抜いた。店のほうから捕り方たちが走ってくる音が聞こえた。

「ふおぁあああっ！」

大隅屋は獣のように吠えると、匕首を縦横に振りながら飛びかかってきた。周は刀の切っ先を地面すれすれに下ろすと、すうはあと息を吐き、ぎりぎりまで引きつけ——思い切り下から上へ、斬り上げた。

「ぎゃあっ！」

大隅屋の腕が長く伸びた。いや、噴き出した血が肘と、斬り離された腕をつないでそう見えたのだ。

「ぎゃああああっ！」

大隅屋は腕を押さえて転げ回った。周は刀を振って血振りをくれると刀を納めた。手ぬぐいを持って大隅屋に駆け寄る。

「じっとしてろ！　止血する」

体を押さえ、手ぬぐいを強く巻く。

「大隅屋、まおの妹をどこで殺した、どこに始末した！」

顔を近づけて囁く。

「まおを騙していいように使っていただろう、妹のいる場所を教えろ」

ぎりぎりと手ぬぐいを締め上げると、大隅屋は激痛に呻いた。

「……鍛冶町《かじちょう》の……芳年寺《ほうねんじ》裏の雑木林だ……場所は忘れた」

「この外道！」

手ぬぐいで縛った腕を地面に叩きつける。大隅屋は叫び声をあげて失神してしまった。

駆けつけた捕り方たちに大隅屋を渡すと、周は箕升屋にとって返した。捕り方たちが右往左往しているのをかきわけると、まおがきゃしゃな体をぐるぐると縄で縛り上げられているのを見つけた。

「待て、待ってくれ、その娘は違う！」

周は手を振って声をあげた。

「その娘は俺の手のものだ。一味に紛れ込ませていたんだ」

縛られたまま、周はまおを捕り方たちから引き剥がした。

「高村ァ！」

巻き舌で叫ばれ、振り向くと苦虫を噛んだような顔の伊丹がいる。

「お前の手のものだとぉ！　そんな話は聞いてねえぞ！」

「本当だ、今日やつらが店を襲ったのにも、この娘が一役買っているんだ」

「ああ？　いい加減なことを抜かすと……」

その伊丹の肩に手をかけたのは筆頭同心の小田島だった。

「よせ、伊丹。俺が聞いている」

伊丹は火傷《やけど》でもしたかのように肩を振って小田島の手を逃れた。

「ほんとですかい」

「真《まこと》だ。押し込みの連中を今晩この日に店にいれたのは周とその娘の仕事だ」

ほっと周は息をついた。最初、小田島に計画を話したときは、まおがそこまで信じられるのかと反対された。だがまおには妹に会いたいという強い思いがある。周は同心生命を賭けて進言し、小田島は失敗したときのためにこの話は周知させなかった。

「まお、悪かったな」

周はまおの縄をほどいた。まおは引き立てられて行く大隅屋を見て、さっと目をそらす。

「同心さま、あたしもお裁きを受ける……」

「なんだと？」

まおはうつむくと、素足の指先で砂を摑んだ。

「知らなかったって言ったって、あたしのしたことは許されないよ、大勢の人が死んだんだろ」

「まお……」

「でもその前に一度だけでいい、妹に会わせて」

まおはまっすぐに周を見上げて言った。

「そうしたらそのあとは牢屋でもお白洲《しらす》でも行くから」

どう答えればいいかわからずためらっている周の耳元で低い声が囁いた。

「妹のいる場所を大隅屋から聞いたのだろう？」

「うわ、びっくりさせるな！」

周は耳を押さえて飛びすさる。

「そこに連れて行け。妹に会わせる」

「わ、わかった。でも詳しい場所はわからないぞ」

「大体でいい」

周はうなずき、まおをつれてこっそりと捕り方の列から離れた。


月は出ているものの、雑木林は足下がかなり暗い。膝くらいまでの草がざわざわと生え、枝を広げる木の下ときたらまったくなにも見えないくらいだった。

（こんなところ、捜しようがない……）

そもそもまおは妹が生きていると思っているのだ。会わせると言ったって――。

黒い着物の冥の姿は闇の中に溶け込み、白い顔だけが浮き上がっている。その顔をあちこちに向けてなにかを捜しているようだった。

「同心さま……なんでこんなとこに。妹はどこなんですか」

まおの声は心細さと恐怖で震えている。これから起こる悪いことを予感しているようだった。

「おい、手伝え」

向こうのほうから冥の声が聞こえた。周はまおを促してそばにいく。地面に膝をついて、冥が土を掘り返していた。

「いや……」

その様子にまおが細い声をあげる。じりじりと後ずさった。

「いやよ、なんで……どうして……」

仕方なく周も膝をつき、地面を掘った。土は硬く冷たく、すぐに指先が痺れてくる。冥のほうは痛みを感じないのか、指が鉄でできているのか、まったく調子を変えずに掘り続けている。

どのくらい掘ったか、やがて冥が手を止めた。

「いたぞ」

そう言うと、両手で白いものを持ち上げた。

「いやっ！　いやあああっ！」

月光の中でその小さな髑髏《どくろ》は輝いて見えた。

「嘘だ、嘘だ！　それはまなじゃない！」

まおは身を折って叫んだ。泣きわめいた。雑木林の木々が、まおの悲嘆に同情するようにざわざわとさざめき出す。

「まお……すまん」

周は背後からそっとまおの肩を抱いた。まおはそれを振り払い、周の胸をどん！　と打つ。

「嘘つき！　嘘つき！　まなに会わせるっていったくせに！　まなに……っ！」

「これがお前の妹だ」

ひやりと、冥の声がまおの叫びを抑える。

「これだけきれいに骨になっているということは一年以上前に埋められたんだ」

まおは聞きたくない、と周の胸に顔をうずめた。

「うそ、嘘だ、嘘だ……」

「嘘は言わない。妹に会わせる」

「こんな、こんなのまなじゃない！」

「そうか？　情のない姉だな、まな」

冥の言葉に周ははっと顔をあげた。今までまおを見るのがつらく、目を閉じていたのだ。向けた視線の先に青白く姿を浮き上がらせている少女がいた。

「まな……か」

「娘の手を握ってやれ」

冥が言う。周は急いでまおの手を取った。

「まお、妹がいる。お前のまなが」

「いやだ、見たくない！」

「髑髏じゃねえ、ほんとにまなだ。まなの……霊だ」

「え……」と、まおは固く閉じていたまぶたを開いた。恐る恐る振り返る。そしてそこに見た。骨を持つ冥の隣に立っている少女の姿を。

「ま、な、……」

（おねえちゃん……）

「まな！」

駆けだそうとするまおを手を引いて止める。おそらく相手には触れられない。

「まお、あれは霊だ。あの子はずっとお前のそばにいた。俺がお前の妹の似顔絵を描けたのも、あの子の姿を見たからだ」

「そ、そんな」

「いつも、心配しているようだった。いつも、悲しそうな顔をしていた。でも今は」

妹は笑っている。姉に会えて嬉しそうに。

「まな……」

(おねえちゃん……ずっとさがしててくれてありがとう)

「まな……ごめん、ごめんなさい。あたし……」

周に手を取られているまおは、身をよじって少しでも妹に近づこうとした。

(それ、いいたかったの。さいごにあえてよかった。……まな、もういくね)

「いやだ、まな！　せっかく会えたのに！」

(ごめんね……でももうおねえちゃんはなんでもできるよ……おねえちゃんはゆうれいじゃないから……)

「まな、いやっ！」

まおは手を掴んでいる周を振り仰いだ。

「あたしも逝く！　もうこんな世の中はいやだ、まなと一緒にあたしも逝く！」

「ちょっと待て、落ち着け！」

「まな、まな、あたしも逝くから……！」

まおは周の手を振りほどき、妹に駆け寄った。だがその一瞬前に、冥が鬼灯を取り出し、その紅い実の中にまなの姿をいれてしまった。

「まな！」

まおは冥に摑みかかった。手に持つ鬼灯を奪おうとする。冥はその腕を高くあげ、月の光にさらした。

「落ち着け。妹はなんの罪も犯していない。すぐに生まれ変わってくるだろう。お前ともじき会える」

「え……っ」

まおは冥の胸にすがって顔をあげた。

「会える……？　生まれ変わる……？」

「そうだ」

冥は自分が持つ鬼灯を見ている。その顔にはなにかの表情が浮かんでいたが、周にはそれをどう言い表せばいいのかわからなかった。

（おねえちゃん、まってて……）

妹の声が聞こえた。まおの目から新しい涙が溢れる。

「うん……うん……、待ってる。ずっと、待ってるから……！」

大きな月の中からその光を写し取ったような狐が降りてきた。狐は泣いている少女を見ると、一度くるりと回って愛想よく頭を下げた。まおは夢でも見るようにぼんやりと狐を見つめる。

ダキニは大きな尾でふさりと冥の顔を撫で、口を開けて鬼灯を飲み込んだ。余計なことを言うかと思ったが黙って尾を一振りすると、また空に昇っていった。

まおは地面にしゃがみこんで、その尾が作る軌跡を、月へと続く光の道を、ずっと見つめていた。

終

まおは周に付き添われて奉行所に行った。押し込みの一味としてかんぬきを開けていたことはやはり重罪だ。牢に入れられ、お白洲での裁きを待つこととなる。

「だが、死罪や遠島はまぬがれるだろう。なにをしているのか教えられていなかったというし、三軒目でこちらの役に立ってくれたからな。なにより自ら罰を受けたいと申し出たのだ。見上げた心がけだ」

小田島は心配する周を慰めてくれた。

「妹を人質にされていたというのも、きっとお上の心に訴える。大丈夫だ」

あとは沙汰を待つしかない。周はまおが牢で先の入牢者たちにいじめられないよう、金銭も持たせた。まおは周に「ありがとう」としっかりした声で感謝を述べて、晴れやかな顔で去っていった。

奉行所を出たときには朝日が昇っていた。周は奉行所の門の前で目を擦《こす》り、両手を伸ばしてあくびをした。今日は非番だ。一日中寝てやるぞ。

「おい」

門を出た先で冥が待っていた。子供の姿だ。大隅屋を捕まえたあと、先に家へ戻っているように言ったのだが。

「ちゃんと帰ったのか？」

周が聞くと冥はうなずいた。

「飯を食って寝た。貴様は寝ていないのだろう？」

「ああ、これから寝るさ。そういえば」

周はあくびをかみ殺し、冥に言った。

「大隅屋は文三を知らなかった」

「ほう」

周はゆっくり歩き出した。小さな冥の足にあわせてやる。

「やっぱり文三と大隅屋は関係がなかったんだ。あくまで俺を呼び出すために押し込みのネタがあると持ちかけただけらしい」

「そうか。では文三の行方はわからないままなんだな」

「ああ……。俺は個人的に文三から恨まれているんだ。なんとしても捜し出してわけを聞いてやる」

朝まだき、通りには人も少なく、腹をぺたんこにした犬だけが歩いている。どの店もまだ暖簾を下ろしていた。

「一眠りして、起きたら約束の佃煮を買いに行こう」

「そいつは楽しみだ」

「楽しみだって言うならそういう顔をしろよ。なんだよその仏頂面《ぶっちょうづら》」

言われて冥は自分の顔を両手で触った。ふっくらした頬を押したり離したりしている。

こいつは自分がどんな顔をしているのかわかっていないのだろうか？

「そうか……」

周はようやく言葉を思いついた。ずっと考えていたのだ、昨夜の冥の表情のことを。

あれは――とても――羨ましそうだった。

もしかしたら冥にも会いたい誰かがいるのだろうか。

「冥、お前もなかなかいいところがあるな」

「なんのことだ？」

頬を摘まんでいた冥が顔をあげる。

「生まれ変わりのことは一番教えちゃいけねえことなんだろ？」

冥がまおに言ったことだ。妹はすぐに生まれ変わってくる……。冥はぎゅうっと眉を寄せ、最大限に厳しい顔を作った。

「仕事完遂のためなら多少は規則をやぶることも致し方ない」

「致し方ない、ねえ」

周はそう呟くと、ひょいと身を屈め、地面から板きれを拾い上げた。

「板しかない」

途端に冥が膝から崩れ落ちる。背中を激しく震わせるのを周はにやにやしながら見ていた。

「貴様……そういうくだらないことを言うのはやめろ」

ぜえぜえと息を切らし、冥が周を睨みつける。

「それだよ、それ。俺は高村周だ、貴様って言うのをやめたら、俺もやめてやる。とくにその姿のとき」

びしっと指を差すと、冥は悔しそうに唇を曲げた。

「どうなんだい」

周は板を放り出し、冥の前にしゃがんで顔を覗きこんだ。冥はいやそうに顔を背け、大きくため息をつく。

「わかった、周。これでいいか？」

「ああ。十分だ、冥。これで俺たちは相棒だな」

話しているうちに八丁堀の組屋敷が見えてきた。垣根の隙間から黄色い山吹が咲き零《こぼ》れている。この間まではひとひらなりと咲いていなかったのに。

桜が終わり、山吹が開く。日々はゆっくりと過ぎて行く。美しい春の日々の中にひっそりと黒い影のような冥府の使者が紛れ込んでいる。

「そんな面白い風景を描いてみたいな」

隣を歩く相棒には決して言えない言葉を、周は胸の中で呟いていた。

第二話　思い出幽霊

「こないだすっごい怖いことがあったんですよぉ」

居酒屋こぎくに入るなり、よもぎの甲高い声に出迎えられた。

「よもぎちゃん……なんだよ、藪《やぶ》から棒に」

「いらっしゃぁい、冥さまァ、高村の旦那！」

よもぎは上目使いをしてしなを作る。冥は『さま』で俺は『旦那』かよ、と高村周は渋い顔をして腰の刀を引き抜いた。

卓につくとさっと小鉢が出てくる。周には漬物、冥には佃煮だ。先日冥が佃煮をたいらげたことを覚えていたらしい。さすが看板娘、器量だけでなく気配りもよい。

タタンと目の前に猪口が置かれ、徳利を摘まんだよもぎがにっこりする。周が猪口を持ち上げると縁ぎりぎりまで上手に注いだ。

「聞いてくださいよぉ」

冥が猪口を持ち上げなかったので、よもぎはそのまま酒を注いで言った。

今日は夕餉《ゆうげ》時なのに店は混んでいない。奥のほうで職人らしい町人が二人で話しているのと、質素な身なりの浪人が酒をすすっているだけだ。

「あの侍、常連か？」

どこか暗く陰気な雰囲気で近寄りがたい様子に、職業柄、気になった周は小さな声でよもぎに囁いた。よもぎは首を振り、

「ううん、一見《いちげん》さん。酒と漬物と小鉢でもう一刻《いっとき》（約二時間）はいるわよ」

とこれまた小さな声で返す。だが一転して、

「それより聞いてくださいよぉ」と大声をあげた。

よもぎは尻を周の隣にねじこみ、無理やり冥の正面に座った。チラチラと流し目を送るが冥は佃煮に目を落としたままで反応しない。

「あたし、生まれも育ちもこのあたりでね。小さい頃は満天《まんてん》神社……ほら、ここの通りのみっつほど先に行ったところにある神社でよく遊んでいたんですけどぉ」

その神社なら周も知っている。境内は子供たちにとってかっこうの遊び場だ。八丁堀の組屋敷で育った周も幼い頃はこのあたりで遊んでいた。

「十より前の頃かなあ。みんなで隠れ鬼をして遊んでいたときのことなんですよ」

※

よもぎは隠れ鬼が大好きだった。隠れ場所を捜して身を潜《ひそ》める。鬼が近づいてくるときのドキドキ感、通り過ぎていったときのしてやったり感、でも一番好きなのは見つけられてお互いに笑っちゃうときだ。

その日、お百《ひゃく》ちゃんが鬼になった。お百ちゃんはちょっととろいから、見つけやすそうなところへ隠れようとよもぎはあたりを見回した。

お百ちゃんは隠れた子たちが見つからないとわんわん泣いちゃうから、みんなもきっとわかりやすい場所へ隠れるだろう。ずっと見つからないのもつまらないものね。

熊《くま》ちゃんは銀杏《いちょう》の木に登り始めている。おみっちゃんはお手水《ちょうず》のほうに走っていった。留《とめ》のやつは狛犬にまたがってるけどあれで隠れているつもりなのかしら……。

よもぎは「見つけやすいけどちゃんと隠れた感があるところ」を捜して境内を走り回った。お百ちゃんの数える声が響いている。

「よーっつ、いつーつぅ……」

どうして神社の中って他の場所より声がよく聞こえるんだろう。周りに壁なんてないのに、空はこんなに高くぬけているのに。

「ななーつぅ、やっつぅ……」

いけない、もうじきお終《しま》いだ、とよもぎは神社の本殿に向かって駆けだした。

「ここのつぅ……とおー」

もうあそこしかない。

「……もういいーかーい……！」

間に合った。よもぎは神社の床下に潜《もぐ》りこんだ。そこからはお百の姿がよく見える。

「もういいよぉ！」

よもぎは口の周りを両手で囲って叫ぶと、音をたてないようにそろそろと腹ばいで奥へ下がった。

「もういいーよー！」

あの声は熊ちゃんだ。銀杏の木の上まで登ったらしい。

「もういーよ！」

おみっちゃんの声も聞こえた。きっとお手水の向こうの茂みの中だ。

「もういいよ！」

留吉《とめきち》は声をあげた途端、「留ちゃんみっけ！」と言われていた。馬鹿だ、あいつ。

鬼に見つかった子は一緒に捜すことになるから発見される率は高くなる。よもぎはさらに奥へと後ずさった。

「……おい」

不意に背後から声が聞こえた。よもぎは死ぬほど驚いて、頭をいきなりあげたものだから思い切り床下にぶつけてしまった。

「いたいっ！」

「……だ、だいじょうぶか？」

声がびっくりしている。それが自分と同じ子供の声だとわかってよもぎは涙目で振り向いた。

薄暗い床下だったが、かろうじてそこに子供の姿が見える。

「頭、大丈夫か？　こぶできてない？」

どうやら男の子で、よもぎより少しばかり年上のようだ。

「だ、大丈夫。痛いけど……」

よもぎは頭のてっぺんをさすりながら、目をぱちぱち瞬かせて男の子の姿を見ようとした。暗い場所ではしばらくすると目が慣れてくる。

男の子の白い貌が闇の中でぼんやりと浮かび上がっている。紺色の着物を着ているのが、薄暗い床下でもわかった。このあたりでは見かけない、眉の濃い、利かん気な顔の子だった。

「あんた、だれ？」

「おれは、――」

聞いたはずなのに名前は覚えていない。

「あたし、よもぎ」

「よもぎ？　よもぎ餅のよもぎか？」

「そうよ、文句ある？」

今までさんざんよもぎ餅よもぎ餅と馬鹿にされてきた。この子もからかうようなら知らない子だけど嚙みついてやる。

「ふうん、いいな。おれ、よもぎ餅大好きだ！」

でもその子はからかわなかった。大好き、と言われてよもぎは顔が熱くなる。

「あんた、なんでここにいたの？」

「よもぎ、隠れ鬼してるのか？」

男の子はよもぎの質問には答えず、問いかけてきた。

「そうよ、お百ちゃんが鬼。あと熊ちゃんとおみっちゃんと留の馬鹿がいる」

「留の馬鹿って狛犬に登ってたやつ？」

「そう、わかる？」

「わかる。馬鹿だよな」

よもぎと男の子は顔を近づけてくく、と笑った。

「おみっちゃん、みっけー！」

お百ちゃんの弾んだ声が聞こえてきた。これで鬼は三人になった。

「もう少し奥に行こう」

男の子がそう言って後ろに下がった。よもぎも同じように前を向いたまま後ずさる。午後の白い日差しに照らされた境内が遠くなる。

よもぎはちらっと背後を見た。床下は薄暗く、広い。途中から真っ暗になっていた。

「おれも隠れ鬼、好きだった」

男の子が呟いた。

「おれは見つけるのが得意なんだ。どんなとこに隠れてたって見つけてやる」

「ふうん……あたしは隠れるほうが好き」

「隠れるの、上手なのか？」

「うん、上手だよ！」

「それにしちゃ、神社の床下なんて誰でもわかりそうなところじゃないか」

男の子がからかうように笑うので、よもぎはむっとした。

「そ、そりゃあ鬼がお百ちゃんだもの。わかりやすいところにしないと泣いちゃうのよ、あの子」

するとその子は急に真面目な顔になった。

「そんなのだめだ。隠れ鬼は本気でやらないと。おれならどんなとこに隠れていたって見つけてやるから、本気でうまく隠れろよ」

「へえ……、じゃあ今度、鬼やる？」

よもぎの言葉に男の子は嬉しそうに笑った。

「ほんとか？　ほんとに俺と隠れ鬼やる？」

「うん、やろうよ」

「いいよ。でも今は隠れているほうだからな。なあ、もう少し奥へ行こう。こんなとこ、すぐ見つかっちまう」

「うん」

二人はまた少し後ろへ下がった。よもぎはもう一度背後を見た。真っ暗だ。この神社の床下、こんなに広かったかな。

「あんたいつもどこで遊んでんの？」

「――町の寺とかかな」

男の子はこの近くの寺の名前を言った。

「そっか、そっちはあんまり行ったことないや。ちょっと大きい子ばっかなんだもん。怖いから」

「怖くないよ。だったらおれが守ってやるから」

「あんたが？」

「そうだよ。おれ、こう見えて武士の子だからな」

「へえー」

よもぎは武士の子だという彼の姿をもう一度ちゃんと見た。絣の着物は薄汚れ、つぎが当たっている。でも小さな月代はちゃんときれいに剃られて、言われてみれば顔立ちはりりしかった。

「おさむらいさんの子供なのぉ」

感心したように言うよもぎにその子は照れくさ気な顔をする。

「刀はないの？」

そう言うと男の子はちょっと唇をとがらせ、すねたような表情を作った。

「まだ持たせてもらえないんだ。でも来月には脇差しをくださると父上が約束してくれたんだ」

「へえ、じゃあ今度刀見せてよ」

「うん……」

男の子の声が小さくなる。うつむいたせいだ。

「くまちゃん……みっけー……」

また声がした。ずいぶん遠くで響いている。これでよもぎ以外全員見つかってしまった。

「なあ、もっと奥へ行こうよ」

男の子が言う。顔を前に向ければ白い光はもうかなり小さくなっていた。

突然よもぎは気づいた。どうして後ろは真っ暗なのだろう。床下なら向こう側も開いているはずなのに。

「あ、あたし、奥へは行かない」

急に怖くなった。よもぎはそう言って肘と膝を使ってずりずりと前へ這いだした。

「よもぎ」

男の子の声がする。

「待って。行くなよ。遊ぼうよ」

よもぎは彼を振り向いた。紺色の着物がはっきり見えるのに、顔があまり見えないのはなぜだろう。そして着物のあちこちに焦げたような痕がある。さっきまでなかったのに。

「外で遊ぼうよ、みんなに会わせてあげるから」

よもぎは怖さを見せまいとわざと明るい声で言った。だが男の子は首を横に振る。

「いやだ。よもぎと遊びたい」

着物の焼け焦げがどんどん広がってゆく。袖が半分なくなった。裾も焼けて足が剥き出しになった。

「——ちゃん、その着物どうしたの？」

「よもぎ……」

「よもぎ、いたーっ！」

急に大きな声がして、目の前に留吉の逆さになった顔があった。

「留ちゃん……」

よもぎはほっとして笑った。

「えへへ、見つかっちゃった」

そう言って神社の床下から這い出る。

「あのね、男の子がいるんだよ。一緒に……」

「よもぎちゃん！」

お百が飛びついてくる。泣きべそをかいていた。

「どこ行ってたの！　みんなでずっと捜してたんだよ！」

「ええ……？」

「全然見つかんなくて、おとなを呼びに行こうって言ってたんだよ！」

「え、でも……」

よもぎは留吉を見た。留吉は怒った顔をしている。

「何度も床下見たけど、見つからなかったんだよ。さっき急によもぎが見えたからびっくりした」

「お百が泣いて泣いて大変だったんだから！」

熊次《くまじ》も真っ赤な顔で怒っていた。

よもぎはみんなの顔の後ろの空を見た。さっきまで青空だったのに、今は薄く黄昏《たそが》れ始めている。いつのまにこんなに時間がたったのだろう。

「あ、あのね、もう一人いるんだよ。その子と隠れてたの」

よもぎはみんなに責められるので、言い訳のように神社の本殿を振り向いた。地面にしゃがんで床下を見る。

「ねえ、出てきてよ！　――ちゃん」

他の子も一緒にしゃがんで床下を見た。だが、そこには誰もいない。あんなに広くて暗かった床下はぼんやりとだが向こうまで見えた。そしてそこには……誰もいない。

「――ちゃん？」

よもぎは呼びかけたが応えはなかった。

「ねえ……、帰ろうよぉ」

おみっちゃんが涙声で言う。お百ちゃんはぎゅうっとよもぎの腕を摑んだままだ。

「帰ろうよ、なんか怖いよ」

「帰ろう、よもぎちゃん」

熊次も留吉も声を揃えた。

「う、うん……」

よもぎは神社を振り返り振り返り後にした。

その後、その神社で遊ぶことはなくなった。子供たちみんながなにか怖い、と感じてしまったからだ。

そのうち十歳を超えるとみんな親の手伝いが忙しくなって集まることもなくなった。おみっちゃんは吉原《よしわら》に売られてしまったし、お百ちゃんは大店に奉公に行った。留吉は大工の親父さんに連れられて現場に出るようになったし、熊次は蕎麦屋で働き始めた。よもぎも……。

※

「あたしは最初別の居酒屋で手伝いをしてたんですよ。このお店に来たのは三年前かな」

よもぎはそう言って一度言葉を切り、誘うような目で周と冥を見上げた。続きを促されているな、と察知した周はごほんと空咳をする。

「それはそれで怖い話だが、よもぎちゃんは最近怖い目にあったと言ったな。今の話とつながるのか？」

周が言うと、まさにそこ、という顔でよもぎはうなずく。

「あたし、ずっと忘れていたんですよ。でもこないだお使いの帰りにその神社、満天神社の前を通りかかったんです……」

最初は通り過ぎた。けれどなにか……うなじの毛をひっぱられたような気がして振り向いた。

古びた木の鳥居。仰ぎ見れば掲げられた額には『満天神社』の文字があった。

「ここ……満天神社だ」

急に幼い頃の記憶が蘇った。近所の子供たちとしょっちゅうここで遊んでいた。飛び縄をしたり、お絵描きをしたり、鬼ごっこをしたり……。

「隠れ鬼をしたり」

懐かしさがこみあげる。

よもぎは店に出るにはまだ時間が早いとも思ったので、お参りしていこうと考えた。

神社は確か代替わりをして息子さんが跡を継いでいると聞いていた。境内はきれいに掃き清められ、清浄で澄んだ空気に満ちている。

カランカランと鈴を鳴らして賽銭箱に一文銭を放る。パンパンと柏手《かしわで》を打って頭を下げた。

そのとき思い出した。

確か神社の床下に隠れたことがある。あれはいつだったろう。誰と遊んだときだったろう。隠れたということは隠れ鬼だ。

大人になった目線で見ても床下はけっこう高く作ってあり、今でも簡単に入れそうに思えた。

覗いてみようという確固たる意志もなかった。ただなにげなく腰を屈めて床下を覗いただけだ。

そこに。

紺の絣の着物を着た男の子がいた。

着物はもう焼けてぼろぼろで、男の子の顔にも腕にも火傷のあとがあった。

「……よもぎちゃん」

男の子は嬉しそうに言った。

「――こうやちゃん」

そうだ、男の子の名前はこうやと言った。

「あたしもうびっくりして、ぎゃあって叫んでそこから逃げ出したんですよ。だってこうやちゃんてば、あのときの姿のままだったんだから」

ガチャン！　と陶器の割れる音がした。

周が振り向くと、奥の席で飲んでいた浪人の足下に割れた杯があった。取り落として床に落ちた音だ。浪人は真っ青な顔でこちらを見ている。

「あらぁ……、お侍さまごめんなさい。驚かせちゃいましたあ？」

よもぎはあわてて口を押さえた。客が少ないと思ってつい大きな声で話していたのだ。

「こ、こうやと」

浪人はよろよろと立ち上がった。伸ばしっぱなしの月代に、汚れてもとの生地の色がわからなくなった着物、その日の糧を得るだけで精一杯の貧乏浪人だとわかる。

「こうやと申したのか、その子は」

「そ、そうですけどぉ」

よもぎは怯えた様子で周に身を寄せた。それほど浪人の顔は鬼気迫っている。

「名前忘れてたんだけど、今、急に思い出したんです。確かにその子は昔、こうやと名乗ったんですよぅ」

「あ、あ、あ……」

浪人はがくりと膝から崩れ、両手を床の上についた。

「こうや……こうやぁ……っ！」

「旦那」

周が立ち上がり、浪人のそばに寄った。

「大丈夫ですか。もしかして今の話に出てきたこうやって子を知っているんですか」

浪人は激しく肩を震わせると、顔を上げた。

「こうやは、功也《こうや》は……拙者の息子だ」

「えっ」

浪人の顔には涙が伝っている。

「十六年前の大火を覚えているだろうか……ここら一帯が焼けたあの火事を」

「ああ……」

周は覚えていた。確か五歳になったときのことだ。空が真っ赤になっていて、兄に抱えられてそれを見ていた。大人たちが怒鳴っていてわけもわからず怖かったが、あの赤い空はきれいだと思っていた。

「拙者の住まいする長屋も火事で焼けて、一人息子の功也は火傷を負った。拙者は功也を神社の床下に休ませて、水をもらいにその場を離れた。だが火事であわてふためく人の群れに飲み込まれ、弾き飛ばされ頭を打って気を失い……目覚めてあの神社に行ったときには功也はもういなかった……」

浪人ははたはたと涙を零した。

「誰かに助けられたのかと診療所やお救い小屋を回った。だが見つからなかった。それからずっと功也を捜し続けていた。きっとどこかで生きている、元気でいると思っていたのに……。功也はまだあそこに……神社の床下で拙者を待っているのか……」

「浪人さんが……こうやちゃんのお父さん……」

よもぎは呆然とした顔で呟いた。浪人は今日初めての客だ。これを知らせるために功也はよもぎに隠れ鬼を思い出させたのか。

ガタンと音をたてて冥が立ち上がった。

「行くぞ」

「え、ど、どこへ」

「決まってる、満天神社だ」

そう言って店を飛び出して行く。周はあわてて懐から銭を取り出すと卓の上に放った。

「よもぎちゃん、代金だ。釣りはとっておいてくれ」

「待ってくれ、拙者も行く！」

床にうずくまっていた浪人も立ち上がり駆けだした。出て行く男三人を見送り、よもぎが叫ぶ。

「釣りって……全然足りないんですけどぉ！」

満天神社までは走れば時間はかからない。冥は飛ぶように走り、周と浪人は息を切らしながらその後を追った。

「冥……！　手荒いことはするなよ！」

まだそこに子供の霊がいれば、冥は無理やり引き剝がすだろう。火事で父親と離ればなれになり一人きりで死んだ子供。最期くらいは穏やかに逝かせたい。

満天神社の鳥居をくぐり、本殿まで走る。宮司の家族は別のところに住んでいるらしく、神社は人の気配もなく真っ暗だった。

冥はすでに床下を覗き込んでいる。

「功也……っ、功也！」

浪人が叫びながら冥の隣にしゃがみこむ。

「功也、いるのか！」

「うるさい」

冥が振り向いて言った。大きな声ではないが、人を黙らせる圧があった。その目が赤く輝いている。浪人はひゅっと息を飲み、口を閉じた。

「冥、どうだ？　まだいるのか功也どのは」

周もしゃがんで覗き込んだ。その目にぼうっと白く浮き上がる子供の姿が見えた。子供は足を抱えて顔を伏せている。

「出てこない」

冥が言った。

「俺が潜って引きずりだす」

「待て、待てって！」

周は床下に入ろうとする冥の肩を摑んだ。

「強引な真似はするな、相手は子供だ」

「なんだ？　また独楽の絵でも描いてみせるのか？」

「そうじゃなくて」

周は膝をついて床下に目を凝らしている浪人に視線を向けた。

「すまない、あんた、名は？　俺は高村と言う」

浪人ははっとした顔で振り向いた。

「あ、せ、拙者は車田《くるまだ》。車田惣兵衛《そうべえ》と申す。高村どのたちには功也が見えるのか⁉」

「車田どの。あんたには見えないかもしれないが、確かにここには子供がいる。功也どののだろう。俺たちはこれから功也どのを成仏させる」

車田は驚き、胸をせわしく喘《あえ》がせた。

「じょ、成仏？　貴殿らは、な、なにものなのだ！」

なにものと言われても、と周は首筋を撫でた。

「俺はただの同心だがな、この男はさまよう霊を冥途へ送る仕事をしているのだ」

車田は冥を上から下まで見た。山伏のような格好をしている冥は、そう言われればそれなりに説得力がある。

「しかし長い間とどまっていた霊はこちらの話を聞いてくれないこともある。とくに子供は自分が死んだとわからないせいか、未練を残す……そうだったな、冥」

「そうだ。だから平気で他の子供たちの遊びにまじってくる」

冥は白い貌で言った。断言する言葉には事実を語っている重みがあった。

「それで意識をこちらに向けるために……車田どのの脇差しをお借りしたい」

「わ、脇差しを？」

車田は左手を下げて、腰の脇差しの柄《つか》を握った。

「そうだ。さきほどの娘――よもぎの話だと、功也どのは父上から脇差しをもらうのを楽しみにしていたという。きっとそれが未練なのだ」

車田はうろたえた顔で脇差しを見やった。

「こんな——二束三文の刀を……あの子は……」

「二束三文でも、功也どのにとっては父親と交わした約束だ。男の子にとって父親との約束は特別だ」

そうだ。父と交わす約束は、大人になったような気がしたものだ。周も思い出していた。絵を学ぶために工房へ行く前の日、父が言ったのだ。

「男が一度決めたことならば、必ず成就せよ。泣いて帰ってくること、まかりならん」

その言葉を胸に同心の子の周は町人の世界に、絵師の世界に飛び込んだのだ。

車田は脇差しを抜くと周に渡した。

「使ってくだされ」

「ありがとう」

周は脇差しを受け取るとそれを持って床下に体を入れた。

「功也どの」

うずくまったままの子供に声をかける。

「車田どのの脇差しだ。車田どのは約束を果たされた。受け取ってくれ」

子供が身じろぎし、顔をあげる。その顔は半分が炎に炙《あぶ》られたか、赤く変色していた。着物もよもぎが言ったように焼け焦げてぼろぼろだ。

「さあ、これを持って行くべきところへ行かれよ」

子供の顔が恐れと驚きから期待と喜びに変わる。功也は手と膝で這って周のそばまでやってきた。

「父上が……？」

「そうだ。車田どのはずっとおぬしを捜していた。今これを渡せて喜んでおられる」

「父上が……」

周は刀を渡した。功也はそれを胸に抱き、柄に額を押し当てた。

「ああ、父上……」

ぽろぽろと涙を零す、その顔は居酒屋で泣いていた父によく似ていた。

「ではこれで逝けるな」

冥が懐から鬼灯を取り出す。あとはそれに魂を入れ、ダキニに運ばせれば終わりだ。

「――いやだ」

だが功也は頭を振った。

「いやだ、一人で逝くのはいやだ。さ、寂しいもの」

「貴様……」

冥の顔が険しくなる。

「大人しく逝かねば無理やりにでも送るぞ」

「いやだ、よもぎとまた遊びたい。隠れ鬼をするって言ったんだ。だからずっとここで待ってたんだ！」

驚いた。功也は父ではなくよもぎを待ってここにいたのか。いや、最初は父を待っていたのだろう。長い間に変わってしまったのかもしれない。

「よもぎは……もう隠れ鬼はしないんだ」

周は苦い気持ちで功也に語りかけた。功也は刀を抱いたまま激しく首を振る。

「うそだ！　よもぎは隠れ鬼が好きだと言ってた。隠れるのが好きだって。だから俺が見つけてやるんだ」

「功也どの……よもぎはもう十八歳だ。大人なんだよ」

「うそだ、うそだ！　よもぎはまだ子供だ、俺と同じなんだ！」

功也の目に涙が浮かぶ。彼には床下を覗いたよもぎが子供に見えたのかもしれない。

「俺はいやだ、一人じゃ逝かない！　よもぎと遊ぶんだ！」

冥が動いた。わめく功也の襟首を掴み、強引にその場所から引きずりだそうとしている。

功也はそうされまいと床下の柱にしがみついていた。

「やめろ、冥！　わかった、功也どの、少しの間待ってくれ！」

周はそう言うと懐から帳面と矢立を取り出した。しかし暗い床下では、紙もなにも見えない。

そのとき、あたりがぼうっと明るくなった。見ると冥が鬼灯を紅く光らせている。

「ありがとう、冥」

周は帳面を地面に置くと、筆を舌で湿らせうっすらと見える紙に線を引いた。よもぎの顔を描く。十数年前、まだ幼かった彼女の顔を想像しながら。

「……できた」

周は帳面から一枚破ってそれを功也に見せた。

「功也どの、これがよもぎだ。お前の友達だ。一緒に隠れ鬼をしようと言った、子供のよもぎだ」

「……ああ……」

功也は膝で這ってその紙を受け取った。

「よもぎだ。よもぎだ……」

紙から幼いよもぎが立ち上がる。

「こうやちゃん」

よもぎが名を呼ぶと、功也は脇差しを持った手を差し出した。

「よもぎ、見てくれ。父上からいただいた脇差しだ。これでお前を守ってやる。だから一緒に……一緒に……」

「うん、逝こう。こうやちゃん」

功也が絵のよもぎの手を取った。冥が鬼灯を振る。周ははっと気づいて急いで床下から出ると、車田の腕を摑んだ。

「車田どの、早く」

車田を床下に引き込むと、そこはもう床下ではなく、見知らぬ広い空間になっていた。冥の持つ、輝く鬼灯の中に功也がよもぎと共に吸い込まれようとしている。

「功也！」

車田が叫んだ。功也はそんな父に気づくと微笑んで頭を下げた。

「父上、ありがとうございました……」

そして功也の姿は消え、冥は鬼灯を高く放り投げた。白い尾を持つ狐がどこからか舞い降りてその鬼灯を飲み込み、そして天高く昇って行く。

星空が見えた。紺色の深い深い星空が。

「功也……」

車田が呟いたときにはもとの床下に戻り、周も冥も車田も四つん這いで顔を見合わせていた。

「……出ましょう」

周が言って三人でもそもそと床下から出る。冥も周も出てすぐに立ち上がったが、車田だけはそのまま呆然と地面の上に座っていた。

「今のは……あなたたちは……」

「車田どの」

周は浪人の肩を叩いた。

「あれは夢だ」

「は……」

「あれは夢なんだよ」

「……」

車田はぼんやりとした顔で周を見る。

「ほら、脇差しだ」

床下から持ってきた脇差しを握らせた。功也は実体のある脇差しは持って行けなかったらしい。車田は両手で脇差しを抱き、その重みにようやく我に返ったか、ぼろぼろと涙を零した。

「夢、か。夢、夢でもいい……もう一度功也に会えた……」

「うん」

「功也……功也……」

泣き続ける車田を置いて、冥はさっさと歩いて行く。まるで今までのことがなかったかのように。

「冥、待てよ」

周もその後を追った。一度だけ振り返ると車田はまだうずくまって泣いていた。彼はこのあとどうするのだろう。もう息子を捜すこともない。目的を見失って駄目になってしまわないだろうか。

冥が周に紙を渡した。幼いよもぎを描いた紙だ。いつかの独楽のときのように白紙になっていた。

「あんなにあの場所に執着していた魂だったのに……貴様の絵は不思議だな」

「珍しく褒めてくれるじゃねえか」

「褒めているわけではない、不思議だと言ったのだ」

「俺の絵で喜んでくれるなら嬉しいよ。絵描きは結局人を幸せにする手助けができればいいんだ」

居酒屋こぎくにはまだ提灯がついていた。そういえば金が足りないとよもぎが怒鳴っていたな、と暖簾をくぐる。

「あ、帰ってきた！」

よもぎが腰に手を当てて周たちを睨む。

「どうすんの、おあいそなんですか、まだ飲むんですか」

「ああ、まだ飲む。続きだ続き」

「さっきのほんとにお金足りないんですからね」

よもぎはいったん奥に引っ込むと、徳利とお猪口を盆に載せて戻ってきた。

「ええっと、もう一回佃煮でいいですかあ」

冥に確認する。周には有無を言わさずおしんこが出された。

「よもぎちゃん、もう神社の床下を覗いても怖いことはないからな」

周が言うとよもぎがきょとんとする。

「ええ？　なんですか、床下って。そんなの覗きませんよ」

その言い草におや、と首をひねる。

「いや、さっき話してくれたじゃないか。隠れ鬼のとき床下にいた子がまた出たって」

「やだあ、なんの話ですかあ」

よもぎが眉を八の字にした。とぼけているわけでもなさそうで、周は冥を見た。冥も奇妙なものを見る目でよもぎを見る。

「だから、小さい頃神社で隠れ鬼しただろ？　そのとき神社の床下で知らない子供に会っただろ？　功也っていう」

「んん――？」

よもぎは首を斜めに倒す。

「そりゃちっちゃいときは隠れ鬼も目隠し鬼もやったけど、神社の床下？　功也？　知りませんよ。高村の旦那、誰かと間違えてやしませんか」

向こうでおーいと呼ばれてよもぎが「はーいただいま」と背を向ける。周は冥に顔を近づけた。

「なんだ、あれ。功也のことを忘れているのか？」

「もしかしたら……」

冥は周の懐から覗いている白い紙を指二本で挟んで抜いた。

「功也が幼い頃のよもぎを連れて行ったから……そのときの思い出も一緒に持って行ったのかもしれんな」

パン、と白紙を叩きながら言った。

「そんな」

「別にたいしたことではないだろう。功也はこの世のものではない。忘れてしまってもなんの影響も……」

「功也がかわいそうじゃねえか！」

周は思わず卓を叩いた。

「死んだものが残せるのは思い出だけなのに……」

「仕方がない。もう済んだことだ」

「お前は冷たいよ、冥」

「獄卒だからな」

周は猪口に酒を注ぐと、それを一気に飲んだ。

「じゃあ俺が覚えておいてやる。忘れちまうまで覚えておく」

「そこは絶対忘れない、だろう？」

「できない約束はしない。それに思い出ってそんなものだろ。いつもは忘れてて、ときどききひょいと浮かんでくるんだ」

「……」

冥は奇妙なものでも見るような目で周を見た。

「なんだよ……」

きれいな顔でつくづくと見られ、周は居心地の悪さを感じて肩をそわそわと動かす。

「いや、確かにそうだなと思ってな。忘れるのは薄情なのかもしれないと思っていたが、そうだ、そうなんだな」

薄情、なんて言葉が獄卒から出てくるとは思わなかった。冥にもだれか忘れたくない人が、会いたい人がいるのだ。以前ちらと思ったことを思い出す。

そこへよもぎがやってきて小鉢と平皿を並べる。

「はい、佃煮。それからお刺身。もうじき店を閉めるから注文は今のうちにお願いしますねえ」

「じゃあ、干物ももらっておこうかな。あと豆腐だ」

「はーい、毎度ぉ」

よもぎはにこやかに言って卓を回る。周は冥の小鉢を見た。佃煮が山盛りだ。

「少し手伝おうか？」

「結構だ」

冥が佃煮を抱え込む。

「車田どのは大丈夫かなあ」

「なにが」

「ずっと息子を捜していたんだ。それが亡くなっていたとわかってがっくりこないかな」

「――もう捜す必要はない。あやつも解放された。父も息子もあの火事の日から囚《とら》われていたのだ。父は前へ進み、息子は転生できる。そう考えればよい」

冥の冷たく美しい顔には感情の一波も見えないが、これはもしかして俺を慰めているのかな、と周は思った。

「そうだな、そう考えてみるよ……」

周は再び酒を注ぎ、まだ覚えている少年の顔に軽く猪口を掲げた。

第三話　看板の下の女

序

あれだけ咲き誇っていた桜もほとんど葉桜になり、日々、空気がぬるくなるこの頃。いい陽気というのは危険だ。道を歩いていても飯を食っていてもあくびがでる。ちょっと茶屋にでも腰を下ろそうものなら、そのままコクリコクリと船を漕ぎそうだ。

「いかんいかん」

周は熱いお茶をぐいとあおると、茶屋の店先から立ち上がった。

「なにかこう、ぱっと目が覚めるような大事件でも起こらねえかな」

同心にあるまじき思いを口にしながら、日本橋に向かって歩いてゆく。

通りにはたくさんの大店が暖簾を翻し、ぴかぴかの看板を掲げて並んでいる。その通りの途中で、周は確かに目が覚めるような光景を見つけた。

若い女が頭から血を流し、店の軒先にさがる看板の下にうずくまっているのだ。

「な、なんだ⁉」

だが通りを歩く人々は誰も気にしていないようだ。今もその女の横を通って客が店に入っていく。しかし一顧だに値しない。

「これは……」

駆け寄ろうとして周は立ち止まった。

(生きてる人間じゃねえ、絶対に！)

周は女にゆっくりと近づいた。店は老舗《しにせ》の炭問屋で、店の前はきれいに掃き清められている。女はそこに座り込み、店の大きな看板をガリガリと両手でひっかいているのだ。異常な姿だった。

幽霊の爪なので、当然傷などつかないが、それでもガリガリガリとひっかき続けている。看板は見事な一枚板のもので、「吉田屋」と大書されていた。

「いったいなにが……」

見えているのは自分だけなので、女に話しかければ妙なやつと思われてしまうだろう。なのでできるだけ素知らぬ風を装って近づき、看板を見る振りをしながら女を観察した。

年の頃は二十くらいか。美しい女だった。頭から流れる血をふき取り、怒りと憎しみに歪んだ表情を消して微笑ませれば、の話だが。

周は女の頭を見た。島田髷は崩れてしまっている。たぼの上のほうに殴られたような傷が見えた。なにか硬くて尖ったもので殴られたか。そこからはまだ血が溢れているようだ。

「おい……俺の声が聞こえるか」

周は懐手をし、あくまで軒下で空を見上げている顔で呟いた。

「おめえ、どうしたんだ。誰にやられたんだ」

ガリガリガリガリ。

爪で看板をひっかく音が聞こえてきそうだ。

「おい……」

「あのう……」

不意に声をかけられて、周はびくりと身を震わせた。振り向くと店の手代らしき男が前掛けを揉みながら、周を見上げていた。

「手前どもになにか……？」

「お、おお……いやな、この看板がずいぶん立派だと思ってな」

周はとっさに看板に手を触れて言った。確かに立派な看板だった。木目のくっきりとした表面はつるりとした感触で、赤い漆で仕上げられている。

「へえ、こちらは木曽《きそ》の山奥から切り出した古い杉の一枚板になります。先代の旦那さまが取り寄せ、店の名を著名な書の先生に書いていただいたとか」

「そうか。じゃあずいぶん金がかかっているんだな」

「へえ、旦那さまが常日頃おっしゃっています。看板は店の顔、決して汚してはいけないと。手前どもも毎朝、毎晩、布で拭いて磨いております」

手代は自慢げに言った。

「そうかい。ええっと、ちょっと聞きたいんだが、この店で最近葬式が出たかい？」

「はあ？」

手代は不審げな顔になった。

「とんでもございません、そんな縁起でもない。葬式どころか、もうじき祝言《しゅうげん》があるんでございますよ」

「へえ……うわっ！」

周がのけぞったのはうずくまっていた女がいつの間にか立ち上がり、周と手代の間に入り込んでいたからだ。もっとも手代には見えないので、周が急に大声をあげて飛びすさったように見えるだろう。

「あの、なにか」

手代はそう言って両腕を抱えた。寒気でも感じたのかもしれない。なにしろ幽霊が目と鼻の先にいるのだ。

「い、いや、すまん。目の前に蜘蛛《くも》が出たような気がして。気のせいだった。あはは……」

周は下手な言い訳をして話を続けた。

「祝言てのは、この店の？」

「へえ、若旦那ですよ。お相手は上野の料亭のお嬢さんでして、とてもお美しい方らしいんですよ」

幽霊女は手代の顔に自分の顔を近づけて睨みつけている。手代は気づいていないが両腕をさかんに擦っていた。

「いや、なにか急に寒くなりましたね」

空を見上げるが、きれいな青空で日差しはぽかぽかだ。手代は不思議そうに首をひねった。

「そ、そうだな」

周からは女の頭の後ろしか見えない。

（おや……）

その髪の先になにか白っぽいものがついているがこれは……灰かな？

女の姿がふっと消えた。はっと背後を見ると、最初と同じようにうずくまって看板をひっかいている。

（若旦那の祝言、て言葉に反応したのか？）

問いただしてみたいがここでは無理だし、自分の声には反応しないらしい。

「じゃあ俺は行くよ。……風邪に気をつけてな」

霊気に当てられたなら風邪よりもひどいことになるかもしれない。周は手代の無事を祈りながら店をあとにした。

一

夕刻、奉行所を出ると冥がいつものように待っていた。

「よう、今日は収穫があったかい？」

冥がさまよっている霊を見つけられたか聞いてみる。冥は黙って首を横に振った。自分が見つけた幽霊の話をすれば喜ぶかもしれんなと思いながらも、周は黙っている。

店を離れた後、奉行所でここしばらくの事件を調べた。事故でも殺しでも、日本橋で事件は起こっていない。女の身元不明の死体も見つかっていない。つまりあの幽霊は――。

知られていない殺人事件。

冥に言うと強引に連れて行かれそうだ。だが、犯罪があったのなら周の仕事は犯人を捕まえることだ。解決するまでは黙っていたい。

周は冥をいつもの居酒屋こぎくに連れて行った。今日はけっこう混んでいて、よもぎは小鉢と酒を置くとすぐに板場へ飛んでいった。色目を使うヒマもないらしい。

「なあ、冥。幽霊ってのはどんなところにいるんだ？」

周は自分の分の佃煮の小鉢を冥のほうに押しやりながら言った。

「その場所にずっといるのか？　それとも歩き回ったりするのだろうか」

「霊によるな」

冥は佃煮を箸で持ち上げて答えた。今日の佃煮は昆布でごまが振ってある。

「場所に憑くもの、人に憑くもの、ものに憑くものといろいろだ。歩き回るというのはあまりいないが、自分が死んだことに気づいていないものは、生前と同じ行動をしたりする」

「生前と同じ行動……」

いや、看板をひっかくのは生前の行動ではないだろう。

「そこで死んでいないのに、特定の場所に出るということはあるか？」

「ある」

昆布の佃煮を食べ終え、今度は椎茸の佃煮に移る。

「その場所に強い思いがあればそこへゆく。魂は千里を駆けるというだろう」

「ああ……菊花のちぎりだな」

昔読んだ話を思い出す。上田秋成《うえだあきなり》という医師であり国学者である人の書いた「雨月物語《うげつものがたり》」の中の一話だ。

義兄弟のちぎりを交わした二人の侍、必ず戻ると約束したが兄のほうが敵に囚われてしまい、約束の日に間に合わなくなってしまう。

兄は「魂は千里を駆ける」という言葉を信じて自決。そして弟のもとへと帰ってきた。

弟は兄の心を汲み、単身敵へと討ち入り見事に仇討ちを遂げたのだ。

幼い頃読んだその話に周は大いに感じ入り、兄に自分も幽霊になっても帰ってくると約束した。すると兄は……。

（あれ？　なんと言ったんだっけ）

ずいぶん昔のことだったので覚えていない。

「おい、佃煮ばかり食うな。飯も食え」

周は冥のほうに白飯の椀を押しやった。冥は白米を口に入れると、今度は佃煮と交互に食べ始めた。

あの娘は、と周は考える。きっとどこか別のところで死んだが、あの店のあの看板に強い思い入れがあって店先に現れているのだ。

必ず遺体を見つけて犯人を挙げてやる。それが彼女にとっての仇討ちになるだろう。


翌朝、周は吉田屋《よしだや》へ出向いた。

手に持っているのは娘の似顔絵だ。昨日自宅に戻った後、記憶を頼りに描き上げた。

娘は今日も店先に座り込み看板をひっかいている。手にした似顔絵と幽霊の顔を見比べて、周は自分の絵の出来に満足した。

「ちょっと尋ねるが」

店の前で水を撒いていた下働きの少女に声をかける。似顔絵を見せて、「この姉さんに見覚えはないかい？」と聞いてみた。

少女は絵をちらっと見たが、「あたし最近入ったのでわかりません」とそっけない対応だった。

やはりこれは店の中の人間に聞くしかないなと、周は暖簾をくぐった。

「いらっしゃいませ」

紺色の前掛けをした手代らしい男が手を揉みながらやってくる。昨日の男とは違う。素早く探したがいないようだった。

「昨日店の前で若い衆と話したんだが、今日はいないようだな」

周が言うと手代はちょっと首をひねったが、すぐに「ああ」と手を打った。

「定吉《さだきち》ですね。生憎《あいにく》体調が悪くて奥で休んでいるんですよ」

やはり体に障ったか。周は彼の神経質そうな顔を思い出しながらうなずいた。

「定吉にご用ですか？」

「いや、あんたでもいい。これなんだが……」

周は似顔絵を見せた。手代がはっとした顔になる。

「知ってるんだな」

「はい、存じております。お駒《こま》です」

「お駒……さん？」

「お駒が捕まったんでございますか？」

「え？」

話を聞くと似顔絵の女――店先で看板をひっかいている女はお駒といって、店の金を盗んで逃げたのだと言う。

「盗人《ぬすっと》……なのか？」

思わず店先を見る。お駒はこちらの声が聞こえていないのか、一心に看板をひっかいている。

「そのお駒が姿を消したのはいつ頃だ？」

「そうですね、確かひいふう……もう三日になりますか」

手代が指を折って数える。すると死んだのは金を盗んだあとか。

「店の金なんだな？　主人に話を聞きたいんだが」

「へえ、ではお待ちください」

手代は店にあがり、帳場にいる男に耳打ちした。男は手代になにか言うと、立ち上がってこちらに来た。

「当店の番頭の仁平《にへい》と言います。お駒のことでいらっしゃったとか」

さやえんどうのように薄っぺらい体をした男だった。炭を扱うより反物でも持っているほうが似合いそうだ。

「俺は北町奉行所の高村という。お駒とはどういう女だ？」

「お駒は奥で働く女中でございます」

奥というのは店ではなく、自宅のほうで働くもののことだ。家族の身の回りの世話から掃除や雑用まで、ある意味店先より忙しいかもしれない。

「俺自身はちょっと聞いてなかったんだが、その盗みの件、番所や奉行所に届けは出したかい？」

「いいえ、確か出していないと思います。私どもの主人が必要ないと言っていましたので」

さやえんどうは声もそよそよと優しい。その内容に周は首をひねった。

「必要ない？　だが金を盗むのは罪だ。要不要の話じゃなくて届け出は義務だぞ」

「……僅かばかりの金でしたので、手切れ金のつもりで届け出は出さないことにしたんですよ」

不意に後ろから声をかけられ、周はぎょっと振り向いた。いつの間に奥から来たのか、そこにはまるで太い丸太、いや炭俵《すみだわら》のように寸胴《ずんどう》の男が立っている。顔も凹凸がなく扁平で、腫れぼったいまぶたが重く目の上にかぶさっていた。

「吉田屋主人、喜助《きすけ》でございます」

喜助は太い胴を大儀そうに折って挨拶をした。周もぴょこりと頭を下げる。

「手切れ金のつもりだって？　いったいいくら盗まれたんだ」

「三両です」

喜助は平たい顔をぴくりとも動かさずに言った。

「三両――たいした額じゃないか」

下働きなら一年で貯められるかどうかという金額だ。

「お駒は奥で長年働いていてくれたのでそのくらいは……ただ、残念です」

表情がないので本当に残念に思っているかはわからない。

「うちは五代綱吉《つなよし》公の頃から続く老舗でございます。僅か三両ごときの金で店先を騒がせたくはございません。看板に傷がつきます」

看板に傷――今幽霊が必死に傷つけているがな、と周は腹で笑う。

「そうかい、だから届けは出さなかったと。だがな、こっちも盗人を野放しにはしておけないんだよ」

「私がくれてやったと言っているんです。盗人ではございません」

「そいつは屁理屈だろ」

そのとき暖簾がめくれて客が入ってきた。日焼けした初老の女で、頭には手ぬぐい、手甲脚絆の旅装束だ。

「いらっしゃいませ」

番頭がふわりと飛んでゆく。女は手ぬぐいを取ると、深く頭を下げた。

「あいすみません。こちらでお世話になっとりますお駒の母でごぜえます。あの、お駒はおりますべか」

その声は細く掠《かす》れていたが店の中に響くようだった。吉田屋主人がものすごい勢いで顔と同じ太さの首を回す。

「お駒さんの母親だって？」

思わずもう一度店先を見る。お駒の幽霊は立ち上がりこちらを見ていた。さすがに母親には気づいたらしい。

番頭が助けを求める顔で主人を見ていた。喜助はのしのしとお駒の母親の前まで行くと、頭を小さく下げた。ごりっと音がしそうなくらいぎこちない礼だ。

「主人の喜助でございます」

「あ、これはこれは。お駒がてえへんお世話に」

母親は痩せた体を折ってぺこぺこと何度も頭を下げた。その頭に向かって吉田屋主人はざらりとした声を出した。

「残念ながらお駒さんはもうおりません」

「えっ？」

母親は頭をあげ、驚いた顔で喜助を見た。

「お駒さんは店を辞めて出ていかれました。生憎その後のことは私どもも存じません」

「そ、そんな……」

母親はばたばたと自分の体を触り、懐から四角く畳んだ文を出した。

「こ、ここに娘からの文が。こちらの若旦那さまと祝言をあげると書いてきましたで」

喜助の細い目がかっと見開かれた。まるで蛇の目のようにまんまるで動かない冷たい目だった。

「なんということを……！　金を盗んだだけでは飽き足らずそのような大嘘を……！」

「金……お金を？　娘がかね？」

母親は仰天した様子で叫んだ。

「あの子がそんなことするわけありゃしません！　そんなこと言わねえでくれ！　あ、あの、若旦那は……若旦那さまはおられませんかね！」

「お帰りください」

喜助はもとのように細い目に戻り、どん、と腹を突き出した。

「盗まれた金は給金のつもりで奉行所には届けを出しませんでした。これ以上店で騒ぐつもりなら、盗人として届けを出しますが、いかがされますか」

「ぬ、盗人……娘が、お駒が盗人……」

あまりの衝撃に母親がよろけ倒れそうになったのを周が支えた。

「おい、ご主人。遠くからきたおっかさんにそんな態度はないだろう」

周の抗議にも吉田屋主人の表情は変わらなかった。

「おっかさん、いったん出よう」

「お駒、お駒……」

母親が両手を店の中へ伸ばす。その手の先で喜助は背を向けた。分厚い背中は母親の存在をはっきりと拒絶している。そのまま体を揺らしながら奥へ向かった。

母親を支えて店の外へ誘導しているとき、周は廊下から顔を覗かせている若い男に気づいた。細面《ほそおもて》のやさ男だ。身につけている上質な着物から若旦那だと推測できる。

(親父に似ねえ色男だな――そう、若い娘が熱をあげそうな)

若旦那は青ざめて今にも泡を吹きそうな、吐き気を堪えているような顔をしていた。

喜助はその横を通りかかったとき、なにか囁いた。若旦那はあわてた様子で奥へ戻る。

(ありゃあなにか知っているな)

人の顔を描くことが多い分、周は顔から感情を読むのが得意だ。若旦那の顔を脳裏に刻みつけ、周は母親の手をとり肩を抱いた。

「さあ、おっかさん。しっかりして」

母親を励ましながら店から連れ出すと、軒下のお駒は悲しげな顔をして母親を見つめた。お駒の目から涙が溢れている。周はお駒に向かって一度大きくうなずいてみせた。お駒には伝わったようで、彼女は深々と頭を下げた。


「さあ、おっかさん。ちょっとここへ掛けな」

周は母親をつれて火事のときに消火に使う天水桶《てんすいおけ》の端へと座らせた。大通りで店は多いが、一休みするような茶屋は近くにない。母親ははあはあと息を切らせていたが、周の姿を仰ぎ見て、表情をこわばらせた。

「お、お奉行さま……！」

怯えの強いまなざしに、周は強いて笑顔を作った。

「いや、俺はただの同心だ。しかも見習い。奉行なんかじゃない、安心してくれ」

「どうして同心さまが。まさかお駒を捕まえに……！」

周の姿に対する怯えの次は、娘を思う心に芽生えた恐れだ。周は急いで手を振った。

「いや、そうじゃない。お駒さんは――」

そのあとの言葉を飲み込んだ。母親の風体からすると田舎から日にちをかけてやってきたらしい。そのあげくに娘が盗人で仕事先にいないなどと言われて動揺しているのだ。そんな母親に娘が死んだなどと言うのは気の毒すぎる。

「――俺は高村周という。おっかさんの名前は？」

話を変えたくて周は名乗った。そういえば母親の名も聞いていない。

「あたしは、あたしはタカと言います。上州《じょうしゅう》の館林《たてばやし》から出てきました」

「そうか、タカさん。遠路はるばる、大変だったなあ」

タカは周を見つめ、それからはあっと大きく息をついた。まるで体中の気を吐き出したようで、急に小さく縮んで見える。

「タカさんはどうして今日吉田屋に来たんだい？」

「それがそのぅ……お駒から祝言をあげると文が来て……」

タカが懐に手を当てるとカサリと音がする。文をしまってあるのだ。

「そういえばそう言っていたね。よかったらその文を見せてくれないか？」

「はあ……」

周はタカから文を受け取ると中を読んだ。あまり上手とは言えない文字で、吉田屋の若旦那と祝言をあげることになったと書いてある。日取りはまだわからないがこれからは楽をさせてあげると綴られていた。

「この文が来たのはいつだい？」

周はタカに視線を向けた。母親は細いうなじを見せてがっくりと肩を落としている。

「それがもう先《せん》の先のことで……まだ雪が残っとるあたりだったから……」

つまり二月以上前ということか。

「それからぷっつりと便りがなくて。祝言もどうなったのか、なんだか気が急《せ》いて気が急いて、とうとうたまらんようになって……おとっちゃんに留守を頼んでやってきてしまいました」

虫の知らせというものだろうか？　母親は遠い田舎で娘の身に起こった不幸を察知したのだ。

「お役人さまぁ、娘は、お駒は人様のものに手をつけるような娘ではぜってえにありません。あの旦那のおっしゃったことはなにかの間違いです。娘を捜してくだせえまし」

タカは白い手ぬぐいで包まれた頭を下げた。ほこりにまみれたその手ぬぐいを見て、周は母親の長い旅路を思った。女の足で館林からでは二日はかかるだろう。

「わかった、必ず捜してやる。タカさんは今日はこれからどうする？」

「あたしはどこか安い宿にでも泊まって明日朝立ちます。娘に一目会いたかったですが……あまり長い間家を留守にするわけにもいかねえんで……」

タカはどこかやけっぱちになったような、ぞんざいな口調で答えた。

「そうか。じゃあ俺が宿に案内してあげよう。近くで食事ができるところがいいな」

「そ、そんな。お役人さまにそこまでお世話をかけることは……」

タカは焦ったように立ち上がる。その顔に周は笑みを向けた。

「いや、かまわんさ。本当ならお駒さんがやることだが生憎いないからな。勝手を知らない江戸じゃ宿を探すのだって一苦労だ」

周はタカの振り分け荷物を肩にかけた。

「さあ、行こう。おっかさん」

「……」

タカの目に涙が浮かんだ。両の手をあわせて頭を下げる。

「ありがとうございます、江戸に来てお役人さまにこんな親切にしてもらえるなんて思ってもみんかった……」

頼まれたからな。

吉田屋の店先で頭を下げていたお駒を思い出し、周は母親の細く角張った肩をそっと撫でた。

二

タカを宿に送ってからもう一度吉田屋に行った。暖簾をくぐると、さきほど対応してくれた手代がぎょっと目を見開く。

「おう、悪いな。だけどやっぱり気になるんだよ」

周は手代を通り過ぎて番頭のもとへ向かった。

「同心の旦那、困ります、困ります」

手代がまとわりついて頭を下げるが無視する。番台に座ったさやえんどうの番頭が露骨にいやな顔をした。

「なあ、お駒が金を盗んで逃げたというが、逃げた先に見当はないのかい」

「……ございません」

「若旦那と祝言をあげるって文を母親に出しているんだぜ？　若旦那からも話を聞きたいんだがな」

「若旦那はお留守です」

木で鼻をくくるとはこのことかというような返答だ。

「じゃあ、日を改めてお会いしたいんだが」

「事件でもないのにそのようなことはいたしかねます」

「事件かどうかはそっちの決めることじゃねえんだよ！」

恫喝《どうかつ》すると番頭の顔色はほんとうに豆のように青くなった。

「若旦那を呼んでくれよ、悪いようにはしねえ」

声を落とし今度は優しく言い聞かせる。番頭は泣き出しそうな顔で手代を呼ぶとその耳に何事か囁いた。

しばらく待つとまた炭俵――吉田屋主人喜助がのしのしとやってきた。

「俺が呼んだのは若旦那だったんだがな」

みしり、と喜助の足の下で床が鳴る。

「生憎せがれの富美吉《ふみきち》は所用ででかけておりまして」

「別に俺は待っててもかまわねえんだが」

「お役人さま……」

喜助はその体躯にしては静かに素早く近づくと、周の羽織の袖に触れた。

「こちらでお引き取り願えませんか」

気づいて袂に手をいれると、紙の包みに触れる。袖の下――心付けというやつだ。

こういうことは初めてではない。同心の中にはこの心付け目当てに大店でごねたり因縁をつけたりするものもいる。お上からいただく俸禄より、袖の下のほうが多い場合もあった。だが。

「なにか勘違いしているな」

周は指先で紙包みを摘まむとそれを床に落とした。

「この高村周をそういう輩と同じに扱った礼はさせてもらうぞ。富美吉とやらを出せ！　出さなきゃてめえを番所へ引っ立てて話を聞くぞ！」

喜助が音をたてて息を吸い込む。使用人たちも息を飲んだ。そんな同心は初めてだったのか、珍獣を見るような目で見てくる。

「……わかりました」

喜助がちょっと頭を動かし、顔を下に向けながら言った。

「恐れ入りますが、ご用は明日にしていただけますか？　今日はせがれの祝言のための大事な用意がございます。逃げも隠れもいたしませんので」

「おう」

案外とあっさり引き下がったので周は肩透かしを食った気分だった。もう少しごねると思ったのに。

「そ、それじゃあ明日もう一度来るからな。必ず息子をいさせろよ」

「はい」

喜助は表情を消したまま返事をした。その声にはなんの感情もこもっていない。それこそ炭が声をだしたらこんな感じなのだろう。

なんとなく釈然としない気持ちで周は店を出た。今の騒ぎも知らぬ顔で、お駒の幽霊は看板をひっかいている。

「……お前もあいつらになにか言ったらどうだ」

呟いてみたが幽霊は反応しなかった。

「お役人さま……」

その代わり別な方から声がかかった。見ると吉田屋と隣の店の隙間から少女が顔を出している。朝、最初に似顔絵を見せた下働きの少女だと思い出した。

少女は口に手を当てて小さく手招いている。周は素早く暖簾の隙間から店内を覗き見た。誰もこちらを見ていない。すぐに店の前を離れ、少女のもとへ駆け寄った。

「なんだ？」

「あたし、おまさといいます」

少女は幼く見えたがしっかりとした口調で言った。

「朝はお駒さんのこと知らないって言ってごめんなさい。本当は知ってたんです。店に入ったのが最近だっていうのはそうなんですけど、お駒さんに親切にしていただきました。さっきは店の人がいたから話せなかったんですけど」

丸顔で眉が太く垢抜けない印象の少女だが、もう少し大人になって化粧を覚えれば美人になるかもしれない。

「そうか。お駒は店の金を盗んで逃げたって言われたが、お前から見てお駒はどんな女だった？」

「お駒さんがそんなことをするわけありません」

おまさはきっぱり言い切った。

「あたしも奥の女中として雇われました。お駒さんはあたしにいろんなことをきちんと教えてくれたんです。どんなことにも手を抜かない人でした。いいことも悪いこともお天道様が必ず見てる、だからお天道様に恥ずかしくないようにといつも言ってました」

周は思わず背後を振り向き、看板の下のお駒を見た。お天道様を信じて正しい行いをしていた娘、その娘が無残に殺された。その瞬間、娘はお天道様を恨んだのか。恨んで未練を残し、霊になってしまったのか。

「お役人さま？」

周はおまさの声にはっと我に返った。

「あ、ああ、すまねえ。他には？　なにか知っていることはねえか？」

「お駒さんは若旦那とおつきあいをしていると、話してくれました」

やっぱりか。

「祝言をあげるって言っていたか？」

「それは聞いていません……でも、若旦那の話をするときはとても嬉しそうでした。あたしも何度か中庭で若旦那とお駒さんが一緒にいるのを見たことがあります」

お駒と若旦那の富美吉の逢い引きは、店の奥で行われていたということか。

「あたし、聞いてしまったんです」

「なにを？」

「お駒さんがいなくなる前の日、旦那さまとお駒さんが言い争いをしているのを」

「なんだって？」

おまさは周にぐっと顔を近づけた。

「あたしたち女中の部屋はご家族の部屋のすぐ近くです。ご家族の夕餉が終わった後、お駒さんが旦那さまのところへ行ってくると言って出ていきました。あたしはご飯のお膳を片付けて、それから自分のご飯を持って部屋に戻るとこだったんです。そのとき――」

いやです、いやです、とお駒の声が聞こえた。そんなの嘘です、とも言っていた。声は泣き声だった。主人の声はあまり聞こえなかった。もともと声の大きな人ではない。

「若旦那！　富美吉さん！」

お駒の声は、聞いていて胸が痛くなるような必死な声だった。おまさはこれ以上聞いてはいけないと急いで部屋へ戻り、目を閉じて飯を食べた。飯はつらい女中奉公で、唯一の楽しみなのに、おまさは何を食べているのかわからなかった。

それからお駒が戻ってくるのを待っていたが、彼女はなかなか戻らず、結局睡魔に負けて眠ってしまった。

そして翌日、お駒が金を盗んで逃げたという話を聞いたのだ。

「絶対嘘です。お駒さんは旦那さまに追い出されたんです！」

おまさの目に涙が浮かんでいる。

「その日、若旦那が年内に播磨屋《はりまや》のお嬢さんと祝言をあげるという話も聞かされました。旦那さまはお駒さんがいると邪魔だから追い出したんです。なのに、金を盗んで逃げたなんて……」

周はほっとした。いつの間にかお駒がそばにきている。お駒は涙をこらえているおまさを悲しげに、愛しげに見つめていた。

「お駒さんがかわいそうです……お役人さま、お駒さんを見つけてください、おっかさんに会わせてあげてください」

「そうだな……」

周は少女の肩を軽く叩いた。

「お駒がかわいそうだな。必ず俺が見つけてやるよ」

おまさとお駒が一緒に顔をあげて周を見る。周は二人の娘にうなずいた。

「ありがとう。話を聞かせてくれて。さあ、仕事に戻りな。叱られてしまうからな」

「はい――あ、」

おまさは周の背後を見て声をあげた。肩越しに見ると、店の前に大八車が横付けされた。荷台には筵《むしろ》にくるまれた四角いものが載っている。

おまさは目を擦ると大八車まで走った。

「あの、それは裏の木戸のほうへ運んでください」

周はおまさの後ろからついていき、荷物を見た。

「なんだ？　でかいな」

「へえ、長火鉢でございますよ」

車を引いている男が笑顔で答える。

「こちらのご主人が新品をご所望でね。うちにあった中で一番の高級品でさあ」

どうやら男たちは指物《さしもの》職人らしい。自慢げに筵の端をめくって見せてくれる。漆塗りの立派な長火鉢だ。角が艶やかに日差しに輝いている。

（あれ……）

おまさに言われて裏木戸へ回る大八車を見送りながら、周はなにかが頭の中に浮かんだ。

（なんだろう）

まるでたんぽぽの綿毛のようにふわふわとなにかが浮かんでは、するりと逃げる。

周はコツコツと頭を叩きながら吉田屋から離れた。


「おや？」

奉行所へ戻る途中、偶然冥を見かけた。昼間の冥は子供の姿だ。黒い着物に赤い袴姿なので目立つ。

そんな子供が十軒店《じっけんだな》と呼ばれる通りの隅にしゃがみこんでいた。

十軒店とは日本橋から今川橋《いまがわばし》に向かう通りにある。もともとは筵がけの仮設店舗が左右に向かい合って十軒ならんでいたというのが名の由来だ。今では桃の節句や端午の節句になると子供の成長を祝う人形の市が立つ。正月にも羽子板や手毬などがにぎやかに飾られ、人が溢れる場所だ。

しかし今日は市も立っておらず、人が急ぎ足で通り過ぎるだけだ。

冥の前には老婆が横たわっている。薄い単衣の寝間着を来て、髪は根元でくくっただけのざんばらだ。どこかの姑が布団からさまよいだして倒れているのかと思ったが、冥がいるのだからおそらくは霊なのだろう。

(あいつ、また強引に引っ張っていくつもりじゃないだろうな)

と、思ったとおり、冥は立ち上がると老婆の手を引っ張り出した。

思わず早足になったが、冥はすぐに手を放すとまたしゃがみこんだ。今度は老婆に話を聞いているようだ。

見ていると小さな手で頭をがりがりとかきむしっている。それから地面に指を立ててなにか描き出した。

霊が見えない普通の人間が見れば、蟻でもつついているように思えるかもしれない。

周はそおっと忍び足で冥に近づいた。

肩越しに覗き込むと、冥が地面に丸に三角を描いている。

(丸……三角が上に二つ……もしかして)

「冥、それ犬か？」

声をかけると冥がぎょっとした顔で振り向いた。あわてた様子で絵を掌で消す。

「消さなくてもいいだろ。なんだ？　ばあさんの心残りを描いてやろうとしたのか？」

「そういうわけではない」

周は老婆を見た。目が見えないらしく、周囲をぺたぺたさわり、口の中でなにか呟いている。

「……猫だ」

冥が絞りきれない雑巾を絞っているような呻き声で言った。

「猫？」

「飼っていた猫を捜しているのだ、この女は」

なるほど、それで冥が猫を描こうとしたのか、だが。

「冥、猫を描くんだったら顔は三角だ」

「え？」

「描いてみろ。三角。それから上に耳をつけて……ああ、耳と耳はもっとくっつけたほうがいい」

拙い線ながらも地面の上に猫の顔が描かれてゆく。

「鼻は下のほうだ。動物は鼻の位置さえ間違わなければそれらしく見える。それから髭が三本……。体は丸を三つくっつけて……」

　冥が苦労しながらもなんとかしっぽの短い猫の姿を描くと、それがすうっと地面から立ち上がり、にゃあと鳴いた。

「たまや」

　突然老婆の口調がしゃん、とした。

「たまや、たま……どこへいっていたの」

　老婆の広げた腕の中に猫が飛び込む。老婆は見えない目に涙を浮かべ、猫の小さな額に頬を擦り付ける。

「ああ、よかった……どこにもいっちゃだめだよ、たま」

　微笑む老婆を見つめていた冥の手に赤く輝く鬼灯が現れる。老婆と猫はその赤い実の中に小さくなって吸い込まれていった。

「たまを見つけてくれてありがとう……」

　老婆の声がかすかに聞こえた。

　すぐに空から白い狐のダキニが降りてくる。ダキニは口を開けて鬼灯を飲み込むと、あっという間に天へ駆け上がっていった。

「よかったな、穏やかに逝けたじゃないか」

周は手でひさしを作って空を見上げた。ダキニは青空の中に白い尾の軌跡を引いて消えて行く。

「穏やかに逝けた……」

冥の声に下に視線を向けると、彼はしゃがんだままなにも描かれていない地面を撫でていた。

「貴様の真似をしただけなのだがな」

冥は不本意だ、と言わんばかりだった。

「いいんじゃないか？　無理やり引っ張って駄々をこねられるより」

「俺は……ぐずぐずと居座るやつらをとにかくその場から剥がせばいいと思っていた。それが仕事だし、早く転生できるのだからやつらにもそのほうがいいと。だが、居残るやつらはやつらなりの理由があるのだな」

うつむいている冥の首筋は細い。本性は馬鹿力の大人で地獄の獄卒だとわかっているが、目に見える彼は幼い子供だ。なんだかしょんぼりしているように見えて、周は落ち着かなくなる。

「まあ誰だって死ぬ前には心残りがあるだろう」

それでこんなふうにありきたりな返事をしてみたりする。

「独楽や姉や隠れ鬼や猫や……そんなくだらないものに心を残しているのだな」

「そりゃあ他人からみたらそうかもしれないが、連中には大事なものなんだよ」

「そうだな。やつらはみんな笑っていた」

冥は自分の頰を触った。

「俺もそんな大切なものがあれば笑えるのだろうか」

「え……？」

冥は笑いたいのだろうか？　獄卒は笑わないと言っていたが、笑わないのではなく笑えないのか。

「お前にはないのか？　大事にしているものとか大切なものが」

「……大事にしているもの、大切なもの――」

振り返った冥の顔は、まるで頼りない迷子の子供のようだった。

「よくわからない」

「そうなのか？　まあしかし……いつか見つかるさ」

子供にこんな顔を向けられるのは苦手だ。周は思わず励ますつもりで根拠のないことを言ってしまった。なにか反論されるかと思ったが。

「……今、老いた女にありがとうと言われた」

「あ、ああ。そうだったな」

急に違う話をされて、周はとまどいながらも返事をする。

「それは少し気分がよい。この気持ちは大事にしたい」

「そっか」

冥の顔にいつものすました表情が戻っている。周はほっとしたが、冥が大店の並ぶ通りに行こうとしたのであわてた。

「め、冥。俺はこっちのほうに霊がいるような気がするぞ」

冥の肩を摑んでぐるりと反対方向へ向かせる。通りに行って吉田屋に向かわれると困る。冥はお駒を冥府に送ってしまうかもしれない。

「なぜ、こちらに？」

冥は不審げな顔をした。

「い、いや、ほらその……同心の勘というものだ」

「同心の勘……」

難しいことを言われたという顔をする。そんな冥の背中を押して、周は吉田屋から離れた。

奉行所に戻ると、筆頭同心の小田島に呼び出された。部屋ではなく、中庭に来いという。行ってみると、小田島は山吹の前に立って黄金色の花を見ていた。蜂がぶんぶんとあたりを飛び交い、のんびりした景色に見える。

「おお、来たか」

小田島が振り向いて手を上げた。

「なにかございましたか」

そばにいくとぽんぽんと肩を叩かれ、引き寄せられた。耳元で囁かれる。

「お前、日本橋の吉田屋に行ったそうだな」

どこからその話が、と顔を見上げると、笑顔が渋く変わった。

「主人から文句が来ている。事件もないのに店先を騒がせたと」

周は思わず肩に載っていた小田島の手から逃げた。

「いや、事件はありましたよ。女中が店の金を盗んで逃げたんです」

「主人は届けを出さない、金は給金であると言っている。だから事件じゃない」

「いや、しかし」

店の前で死者が看板をひっかいているのだ、とは言えず、周は唇を噛んだ。

「吉田屋にはもう近づくな。いいな、注意はしたぞ」

「小田島どの。しかしお駒という娘は行方不明なんです。母親が上州から出てきて捜しているんです！」

必死に食い下がったが小田島は返答せずにスタスタと庭を出て行った。

「ちくしょう」

直接奉行所に訴え出るとは。逃げも隠れもしない代わりに圧力をかけてきた。吉田屋がそれだけ力を持った店だということだ。

周は腰に手を当て、地面に向かって大きく息を吐き出した。

「……どうすっかなあ……」

三

とくにいい考えも浮かばず、結局吉田屋への道を辿る。店にはもう入れないが、お駒の様子を見てみようと思ったのだ。なにか変化があるかもしれない。

「あっ！」

変化があった。ありすぎだ。お駒のそばに冥がいる。

「しまった！」

吉田屋とは反対方向に行かせたはずだが強引すぎてばれたのだろうか。冥はしきりにお駒に話しかけているようだ。

(まあ、あいつも無理やり剥がすのは霊にとってよくないってわかったみたいだし)

さっきの冥の言葉を思い出し様子を見ていると、冥が鬼灯を取り出すのが見えた。

(うわあ！　言ってたことと違うじゃねえか！)

周は冥に向かって駆けだし、看板の下の小さな体を抱え上げた。

「おい、なにをする！」

冥が手の中で身をよじる。河岸《かし》に上がった魚のように跳ね回る体を押さえつけ、周は冥を抱えて鼻先に顔を近づけた。

「なにをするじゃねえよ。お前こそなにしてるんだ」

「下ろせ！　この女を冥府に送る！」

冥もまた嚙みつきそうな顔をして怒鳴る。

「なんだよ、お前。さっきは無理やり連れて行くのはよくないと言ってたじゃないか！」

「さっきはさっき、今は今だ。この女はこちらの話に耳を貸そうともしない」

「諦めが！　早すぎる！」

言われて冥は悔しそうな顔をした。

「こちらはちゃんと話を聞こうとしたのだ。心残りとか、好きな玩具はとか」

大人に玩具の話をしたって仕方ないだろう、と周は呆れた顔をしてみせた。どうもこの獄卒には柔軟性がないというか頭が固いというか。

「自分のことも話さないし……」

小さな声で言い訳がましく言う冥に、周はため息をつく。

「そりゃあ、殺されたばかりなんだから自分のことで精一杯で話をする余裕もないんじゃないか？」

「殺された？　どうしてそんなことがわかる」

冥は不審げに描かれたような眉を寄せる。

「見りゃわかるだろ。頭をかち割られているんだ」

「事故かもしれないではないか」

「事故って……」

周はお駒を見下ろした。つぶれた島田の真ん中にあるひどい傷。尖ったもので殴られたようだと思っていたが。

「あ、待てよ」

周は身を屈め、さらに傷跡に目を凝らした。本当なら触れて確かめてみたい。この傷の形状は……。

「なにをなさっておいでで」

さやさやとした怯えた声は番頭だ。看板の下で腰を屈めている周に不安と不審の目を向けている。

「あ、いや……子供がな、その、」

周は作り笑いを浮かべると、番頭に向かって尋ねた。

「さっき新品の長火鉢を運んでいただろう」

「え、は、はい」

「あの火鉢はどこに置くんだ？」

「あれは旦那さまの部屋でございます。今、若旦那の祝言のために家の中のものをいろいろと新しくしておりまして……旦那さまの火鉢も古くなっておりましたので」

お駒の話ではないので気が楽になったのか、番頭はぺらぺらと舌を回した。

「古い火鉢はどうした？」

「それは古道具屋へ。それよりもう――」

番頭はちらっと店の奥へ目を向けた。周は「すまねえな」と言いながら、冥を肩に担いで逃げ出した。

「おい！」
二、三軒先の店まで離れてようやく地面に下ろすと、冥は怒った目で周を睨みあげた。
「仕事の邪魔をするな！」

「頼むよ、もう少し待ってくれ。俺はあの娘の死体を捜さなければならないんだ」

周は片手を顔の前にあげて拝んでみる。

「死体だと？　見つかっていないのか」

「そうなんだ。誰もあの娘が死んだ事実を知らない」

冥はちっと舌打ちした。

「死体が見つからなければ現世に執着する心は強い」

「だろ？　あの娘を笑って旅立たせてやりたくないか？」

「……笑って……」

冥の勢いが弱くなる。だがすぐに顔をあげるといつもの冷たい目で睨みつけてきた。

「だったら早く見つけろ。俺もそんなには待てないぞ」

「わかってる。ちょっと当てがあるからもう少し待っていてくれ」

「当てだと」

「ああ。お駒を殺した凶器さ」

周は冥と一緒に岡っ引きの市太のいる長屋へ向かった。市太は周の手伝いの他、自宅で藁草履《わらぞうり》や子供の玩具の藁細工を作っている。岡っ引きの給金は安いので、副業をしないと生活していけないのだ。

「市太、よかった、いてくれたか」

長屋の障子戸を開けて声をかけると、市太はびっくりした様子で振り返った。

「へえ、高村の旦那」

周は他の同心のように岡っ引きをひきつれて歩くということはしなかった。自分が動いたほうが早いし、給金が少ない分、できるだけ内職をさせてやりたい。だが今回は早さが要なので、市太にも手伝ってほしかった。

「古道具屋を回ってくれ。吉田屋から長火鉢が持ち込まれてないかと尋ねてほしい」

「古道具屋っていっても何軒もありますよ？」

「いやだ」と書いてあるような顔で市太が答える。

「この近くだけでいい。俺も回る。忠助を見かけたらやつにも頼んでほしい。あと、お前の知り合いにも声をかけてくれ。火鉢が見つかったら誰が見つけても駄賃ははずむ」

「へえ……」

市太は藁細工から手を放すと、よっこらしょと身を起こした。着物の前をぱっぱと払ったとき、周の後ろにいる子供に目を留めた。

「高村の旦那、その子は……」

「ああ、俺の知り合いの子供だ。親父が留守にする間預かっているんだ、よろしくな」

「へえ、まるでお人形のようにかわいらしいお子ですねえ」

市太は無遠慮にじろじろと冥を見た。冥はいつもの無表情でそっぽを向いている。

「じゃあ頼む。見つかったら日本橋の木戸番屋に言付けておいてくれ」

周が言うと市太は「へい」と部屋を飛び出していった。

「俺たちも行こう」


日が暮れる頃、ようやく吉田屋から長火鉢を買ったという古道具屋が見つかった。番屋からの言伝でそれを聞いた周は、冥と一緒に急いで店に向かった。

島本屋杢兵衛《しまもとやもくべえ》という古道具屋主人は枯れた木のような体をしていたが、ごましおの太い眉毛の下、目だけは炯炯《けいけい》と輝いていた。

「確かにあたしが吉田屋さんから買わせていただきました」

主人は、長火鉢を指先で撫でながら言った。木の縁をつるつると撫でる指先は、まるで愛しい女の背を撫でるように優しい。

「長年大事に使われておいでだったんでしょう。古いものですがこの縁の艶といったら……」

道具に向けられたしわ深い笑みは、しかし周に向いたときには消えている。

「こいつがいつ持ち込まれたか教えてくれ」

「はい、三日前の昼過ぎだったと」

古道具屋は帳簿も見ずに答える。お駒がいなくなった日だ。

「近くで見てもいいかい」

「へえ、どうぞ」

夕方の日差しを照り返す長火鉢の縁を、周は顔を近づけて舐めるように見た。四つの角のうちひとつが少しへこんでいるようにも見える。指で触れるとかすかにひっかかる。

「ご主人、この火鉢をどう思う」

「いい代物だと思いますよ。まだまだ三十年は使えるでしょう」

「この傷は気にならないかい？」

「古いものですから、どこかにぶつけて傷もつきますよ」

「最近のものだと思うか？」

李兵衛は太い眉の下からぎろりと周を見上げた。

「高村さまはなにをお尋ねになりたいので？」

「いや、その」

お駒の頭の傷はこの火鉢の角にぶつけたものだと周は考えた。旦那の部屋で言い争いをしていたという。この火鉢はまさにその部屋にあったのだ。だが火鉢がものを言うわけではない。火鉢の声が聞けたなら……。

「この火鉢には汚れがついておりました」

李兵衛は静かに言った。はっと周は古道具屋を見た。

「あたしどもで作業してほとんど目立たなくなりましたが、あのシミはおそらく血だと思われます」

「血だって？　間違いないか？」

周は勢い込んで言った。

「あたしはこの道五十年です」

李兵衛は眉を持ち上げて言った。

「たくさんの道具を見てきました。なかには血なまぐさいものもございます。それらをきれいにするのも仕事です。道具の声を聞くのが仕事でございます」

手が火鉢の縁を行きつ戻りつする。

「……こいつはまだ一働きしたいと言っております。そのためにもこいつに染みこんだ因縁はきれいにしてやらないと。高村さまならそれがおできになりますか？」

「ああ……！」

周は主人ではなく火鉢に向かって声をかけた。

「必ずきれいにしてやるよ」


古道具屋にしばらく火鉢は売らないで欲しいと頼んだ後、周は冥と店を出た。

「火鉢と約束するとはな」

冥が呆れた声で言った。古道具屋の暖簾をくぐったあと、いきなり大人の姿になっている。外は完全に日が落ちていた。

「びっくりするから急にでっかくなるな！」

「火鉢が凶器というわけか」

冥はまったく気にせずすたすたと歩いて行く。

「あんなでかいもの、振り上げたわけじゃない。お駒が倒れて頭をぶつけたというところだろう。髪にあった灰もそのときについたんだ」

「なるほど」

「事故なんだからすぐに届ければよかったんだ。医者にでも診せていれば助かったかもしれない。だが吉田屋は……」

看板に傷がつく。

おそらくそう考えて届けを出さなかったのだ。死んでしまえば息子との縁も切れる。

「看板を守ることだけに執着している化け物だな。お駒が幽霊になってでも看板に爪を立てるわけがわかるぜ」

「どうやって罪を認めさせる？」

「とにかく死体を見つけねえと」

日が落ちると商いの店はみんな戸を閉め始める。灯りを点すのは飲み屋だけだ。このあたりの通りは買い物客相手の店が多いので、道は暗い。その中を黒い羽織の同心と黒い着物の男が歩いている。

「下働きのおまさが言い争う声を聞いたのが四日前。そのときにお駒が死んでいるならまだ死体には肉も残っているだろう。頭の傷と火鉢の角を照合させる」

「死体か。それを見つけるのが一番の問題だな」

冥が鬼灯を取り出し、それをひと撫ですると提灯に変わった。小さな鬼灯の紋がついている。

「おそらくそんな離れた場所にあるわけじゃない。吉田屋は誰にも知られたくないはずだから、息子と二人だけで処理しただろう。旦那はともかく若旦那はなよなよと力もなさそうだ。大八車を引くのも大変だろうし、そんなことをしたら目立つ」

「ということは？」

周と冥は閉店した吉田屋の入り口に立った。看板がしまわれたせいかお駒の姿はない。

「まだ店にあるんじゃねえかと思うんだ。ここから出たらもう言い逃れはできないさ」

「店に、か……」

冥は鼻の下に指を当て、うつむいた。

「どうした？」

「いや」

つかつかと吉田屋の閉められた戸に向かうと、いきなり両手で戸を掴んだ。

「お、おいっ！　なにをするんだ！」

周はぎょっとして叫んだ。

「店の中にあるなら直接聞けばいいだろう。どこにあるんだ、と。でなければ引きずり出す」

「待て！　待てって！」

周はあわてて冥を羽交い締めにした。だが、冥の体はぴくりとも動かない。

「店にあるって証拠はないんだ！」

「店にある」

冥はガタガタと戸を揺すり始める。彼の馬鹿力は知っている。心張り棒をかまそうが、戸自体が外れれば関係ない。

「それは俺の想像だ！」

「いや、本当にある。かすかに腐臭がする」

「えっ？」

冥の言葉にはっとした。彼は鼻も犬並みにいい。

「死後四日だと言ったな。そのくらいならもう臓腑は溶け、腹は膨らみかなりの臭いを放っているはずだ。これだけの臭いを抑えられているのが不思議なくらいだ」

冥は眉を寄せ、不審げな表情を作った。

「そ、そうなのか」

「ただここからではどこにあるのかまではわからない。せめて店の中に入ることができれば」

冥は入り口から数歩下がって店全体を見た。正面からではわからないが、おそらく広大な庭と蔵があるだろう。そのどこかに死体がある。

「周、こっちへこい」

冥は正面から離れると店に沿って歩き、隣の店との間の路地を抜けて裏木戸のある通りへ出た。

吉田屋の塀は武家屋敷にも負けないほどの立派な石壁造りで、周が両腕を伸ばしても届かない高さだ。

ちょうど雲から出た月が、その石塀を白々と照らしていた。

「入り口が駄目ならここから入る」

「なんだって？」

冥は塀のてっぺんを見上げた。

「俺がここから入って死体を捜す。見つけたら騒ぎを起こす。貴様はなにか理由を作って入り口から入れ。目の前に死体を引き出せば、言い逃れはできない」

「そんな横紙破りなことをしてもいいのか」

「横紙だろうが鼻紙だろうが、まともでないやつの相手をするのだから破ってもかまわん」

冥の左目が赤く輝く。お前はどうすると言われているようで、周も覚悟を決めた。

「わかった。どのくらいで死体を見つけられる？」

「ここで二十ほど数えていろ。すぐだ」

冥は軽く屈むと次の瞬間には空中に飛び上がっていた。あっという間に塀の上に乗っている。馬鹿力といい、体のつくりが人間と違うのかもしれない。

「蔵が二つあるな。あの中かもしれん」

周を振り向かずにそう言うと内側に飛び降りた。周は冥の姿が見えなくなってから数を数えだした。

「……ひい、ふう、みい……」

ふと先日のよもぎの隠れ鬼の話を思い出す。まさしく冥は鬼だ。隠されているお駒の遺体を見つける地獄の鬼。

「……じゅうく、にじゅう」

数え終わって周は入り口に向かって歩き出した。地獄の鬼がお駒を見つけたなら、今度は俺が現世の鬼を退治する番だ。

四

「吉田屋！　おい、開けろ！　開けてくれ！」

周は店の入り口の横にある通用門を拳で叩いた。店が閉まったあと使用人たちが出入りするための戸だ。まだ町木戸の閉まらない時間で、中のものは寝ていないはずだ。

「吉田屋！　ご用の向きだ、開けろ！」

しばらく叩いていると中で応《いら》えがあった。かんぬきが外される音がして、若い男が顔を覗かせる。店ではまだ会ったことのない男だった。

「はい、なんのご用で」

男は怯えた顔で見上げてきた。

「実は三軒隣の味噌屋に押し込みが入った」

「ええっ⁉」

味噌屋もこのあたりでは老舗の一軒だ。

「幸い入る前に俺たちが見つけてことなきを得たが、犯人がばらばらになって逃げやがってな、この店の塀をよじ登ったのを見たのだ。庭に犯人がいるかもしれねぇ」

周はぐっと体を乗り出した。

「捜させてもらえねえか」

「へ、へえ⁉」

周は男の肩を押して中へ入った。でたらめを通すには勢いしかない。そのまま草履を脱ぎ飛ばして店の奥へあがる。

「ちょ、ちょっとお待ちください、今主人に確かめてまいりますので」

「ことは一刻を争うのだ！　犯人が店の中に入ったらどうする！　主人の許可は俺が取る」

「ちょ、ちょ、ちょ……っ」

羽織の袖を摑むのを振りほどき、周はわざと足音を立てて廊下を進んだ。

「吉田屋！　吉田屋はいるか！」

騒ぎに店の中にいた住み込みの使用人たちが顔を覗かせる。庭の見える位置にきたところでようやく主人が出てきた。

「……高村さま」

炭問屋の主人はくつろいでいたのだろう、木綿の単衣だけの姿だったが、その表情は苦り切っていた。

「こんな夜分、店への押し入り。あなた様には人の理というものがございませんか」

「押し込みがこの店に忍び込んだんだ……」

さすがに嘘をついているという心苦しさの分、周の勢いが弱くなる。

「庭に隠れたんだ。蔵の中に入っていくかもしれねえぞ」

ガタン、と音がして、見ると息子の富美吉が真っ青な顔をして障子の陰で膝をついている。

思わず父親のほうも見たが、こちらはまったく表情が変わっていなかった。

「……蔵」

若旦那の顔を見て言う。途端に面白いほど形相が変わった。

「そうか、お駒は蔵の中か！」

「富美吉！」

父親が怒鳴ったが、息子はへなへなと両手を床についた。

「吉田屋喜助、蔵を検《あらた》めさせてもらう」

「なんのおつもりですか」

主人は炭俵のごとき胸を周の前で張った。

「お駒殺しの容疑だ」

「さっきは押し込みと言い、今はお駒の話だと言う。いい加減にもほどがございますよ」

周はうっと押し黙った。もともとむちゃくちゃな捜査の仕方だ。奉行に知れたらどんな叱責を受けるかわからない。

「押し込みがお駒の死体を見つける前に、本当のことを話せと言ってるんだよ!」

「押し込みなどいないんでしょう!」

吉田屋は眠たげな目をくわっと見開いた。

「言いがかりも甚だしい! 奉行所にはきつく申し立てますよ!」

そのとき店の奥から女の悲鳴があがった。続いて男たちのわめき声。数人の人間が廊下の向こうから叫びながら逃げてくる。

「な、なんだ⁉」

さすがに吉田屋も表情を動かす。その恐慌の原因はすぐにわかった。廊下の向こうから
――恐ろしいものがやってきたのだ。

ぺたり、ずるり、ぺたり、ずるり。

体中が大きくむくみ、黒ずんだ皮膚が今にも破れそうだ。目や鼻から血だかなんだかわからない黒いものを流し、すさまじい異臭を放っている――お駒の死体。

それが今ぎこちなく動きながらこちらへ向かってくる。

（騒ぎを起こすってこのことか！）

　おそらく冥が見つけた死体になにか仕掛けをしたのだろう。それにしてもこいつぁ芝居がかってとんでもねえ。

　周は動く腐乱死体から目をそらした。美しいお駒の姿を（幽霊だとしても）知っているだけに無残だ。

「ひ、ひ、ひえ……」

　若旦那はもう動くこともできず、障子に摑まって喘いでいる。へたりこんだ足の下にじわじわと黄色い水が広がった。

「お、お、おこま、ゆ、ゆるして……」

　ずるり、ぺたり。

　お駒の死体は若旦那のそばを通り過ぎ、喜助に向かって行く。

「お、おのれ」

　喜助は恐怖を無理やり怒りに転じたか、近づいてくるお駒に鬼の形相で向き合った。

「血迷いおって！　お前などにこの吉田屋の看板を傷つけられてたまるか！」

　看板に傷、そう言った瞬間、喜助の目の前にもう一人のお駒が現れた。腐っていない、生前のままのお駒、店の入り口で看板をひっかいていたお駒だ。

「うわあっ！」

突然のことに、喜助はのけぞり腰を抜かした。霊のお駒が見えたのだろう。

美しいお駒の霊と、なぜか動いているお駒の死体。二人のお駒が吉田屋主人を見下ろす。

「たっ、助けてくれ！」

吉田屋は尻で這って逃げようとする。だが、背後は周が塞いでいた。

「吉田屋喜助、お駒殺しを認めるか」

「お、お駒は勝手に転んで頭を打ったんだ、わしが手を下したわけじゃない」

喜助は必死の形相で頭を横に振った。

「そのとき医者に診せれば死ななかったんじゃないのか」

「お駒は富美吉と所帯を持つと言って聞かなかったんだ。そんな女を――」

「富美吉！」

周は障子に張り付いたうつろな目の息子を呼んだ。

「お前はどうなんだ。お駒と一緒になる気はあったのか？　お駒は母親に祝言をあげると文を出しているんだぞ」

「あ、あたしは……」

富美吉は、ひくりひくりとしゃくりあげながら囁いた。

「お駒が……女房にしてくれなきゃ……肌は許さないというから……」

「する気もない約束をしたというわけか」

幽霊のお駒がぎろりと富美吉を睨む。富美吉にも見えるのだろう、悲鳴をあげて手を合わせた。

「勘弁してくれ、勘弁してくれえ！」

「お駒はそれを信じて……！」

周は富美吉の襟首を摑むと、腐った体のお駒に向かって投げ飛ばした。富美吉の腕がずぶりとお駒の体に沈む。

「ぎゃあああっ！」

富美吉はお駒から逃げ出すと廊下を転げ回った。幽霊のほうのお駒はそんな恋人を冷たい目で見下ろしている。喜助は周の狼藉《ろうぜき》に悲鳴をあげた。

「やめろ！　富美吉にはちゃんとした祝言の相手がいるのだ！　そんな百姓の娘など嫁にしたら店の……」

「……かんばんにきずがつく、か」

ごぼごぼと水の漏れるような音と一緒に、血を流すお駒の口から声が響いた。

「あんしん、しろ。そのかんばんも、こよいかぎりだ」

血まみれのお駒がにいっと笑う。その笑みと声を聞き、初めて吉田屋主人の表情が崩れた。がくりと膝をつき、大声で叫んだ。

お駒への恐怖も、腐肉にまみれた息子への心配もない、絶望の深い淵より叫ぶ、獣の咆《ほう》哮《こう》だった。

吉田屋の入り口にある大きな一枚板の看板が、そのとき外れて地面に落ち、ドオンと大きな音を立てた。

終

その後、店から奉行所に連絡が入り、同心たちが駆けつけてきた。彼らは廊下に倒れていたお駒の遺体に仰天し、放心している吉田屋主人喜助、怯えて口もきけない汁まみれの息子富美吉を引き立てた。

吉田屋の女房は泣き叫び、店のものたちは今後の行く末をざわざわと話し合っていた。

お駒の遺体が廊下を歩いてやってきたと店のものは全員証言したが、同心たちはその訴えは取り上げなかった。

廊下にうつ伏せになっていたお駒の体はぴくりとも動かなかったし、自分たちの目で見ていなければ信じられないだろう。

親子ともども牢送りになってしまっては店は潰れるしかない。残った女房が切り盛りしたとしても、この事件は――幽霊が店を歩き回ったという噂はたちまち広まり客はよりつかなくなる。

地面に落ちたままの看板は捕り方たちが店を出入りするために踏みつけられ、傷だらけになってしまった。

周は奉行所から同心の伊丹が来たのを見て、庭の木戸から逃げ出した。別に吉田屋親子を自分の手で挙げなくてもいい。お駒の遺体が見つかり、二人が罪を認めれば十分だった。

だが、翌日、上司の小田島に呼び出された。

「伊丹が店に入る前にお前が店にいたそうだな」

「……なんのことでしょう」

周は空とぼけた。だが小田島はそっぽを向いた周の前にわざわざ回り込む。

「店のものたちが若い同心がいたと言うのだ」

「それが自分だと？」

周は名乗っていない。だが、番頭や手代の何人かには顔を知られている。そこから伝わったのかもしれない。

「吉田屋には近づくなと言っておいたよな」

「死体が出たんだからいいでしょう？」

子供のように言い訳じみた声が出る。兄が存命のときから小田島とは親しい。自然と甘えが出てしまうのか。

「捜査の仕方が問題なのだ。お前のようなでたらめな捜査は奉行所の信用に関わる」

「……今回だけですよ」

「今回だけだな」

小田島は軽くため息をつき、周の肩をぎゅっと摑んだ。

「ところでどうやって死体を動かしたのだ？」

「いやだなあ、小田島どの。死体が動くわけないじゃないですか」

※

「どうやって死体を動かしたんだ」

それは吉田屋に捕り方たちが入っていったのを見ながら、周が冥に聞いたことでもあった。

吉田屋から逃げ出して野次馬と一緒に遠巻きに見ていると、冥がやってきた。それを捕まえて聞いたのだ。

「俺が死体の中に入った」

冥はなんでもないことのように言った。

「なんだって？」

「死体は蔵の中の長持ちに入っていた。遺体の周りには炭が詰め込まれていた。炭が臭いを抑えたのだろう」

確かに炭には消臭効果がある。それで臭いを抑え、頃合いを見て運びだそうとしたのだろう。

「死体の中には霊がいなかったので空っぽの器のようなものだ。俺のこの体も現世用の器だ。器から器へと乗り換えた」

酒でも入れ替えるように簡単に言う。

「じゃあお駒として歩いてきたのは」

「俺だ」

「そのときお前の体は？」

「蔵にあった。奉行所がやってきた時点で抜け出して戻ったのだ」

「……でたらめだな」

周はそう言うのがやっとだった。

※

しかしそんな話を小田島にできるはずもない。

「蔵にあった死体を見つけて運んだだけですよ。店のものは驚いて歩いたと思い込んだのでしょう」

周はぺろぺろと嘘をついた。

「なぜ蔵にあったと？」

「臭いがしましたから」

「……………」

小田島は太い眉の下の力強い目で周を睨んだ。周はその目に負けないくらいの力で睨み返す。

「でたらめを言う……」

「……すみません。二度としません」

頭を下げる周に小田島は大きくため息をついた。

「頼むぞ。俺がお前の兄上に顔向けできなくなるようなことはしてくれるな」

「……はい」

兄の名を出されると弱い。周は深々と頭を下げた。


お駒の遺体は腐敗が激しかったので奉行所で引き取って荼毘《だび》に付した。

朝早く、八丁堀近くの寺の火葬場で母親のタカに立ち会ってもらい、二人で青白い煙が空へ昇るのを見送った。

お駒の霊はもう吉田屋には現れなかったので、一緒に天へ向かったと思いたい。

母親は骨壺をくるんだ布包みを首から提げ、周に何度も頭を下げた。これから娘と二人、遠い上州へと帰るのだ。お駒の骨は故郷の土に埋められて、そのあとは静かにゆっくりと眠るだろう。

旅立つ母親の後ろ姿を見送っていると、子供姿の冥がやってきた。

「おう、迎えにきてくれたのか？」

「お駒がちゃんと旅立てたか確認にきたのだ」

「ちゃんと逝ったか？」

冥は空を見上げ、うなずいた。

「未練を晴らせてよかった」

周はほっとした。死出の旅路は穏やかなほうがいい。

「それにしても死体を動かすなんてことをよく考えついたな。母屋に持って行くだけでもよかったんじゃないのか？」

ぶらぶらと奉行所への道を歩きながら周は冥を見下ろす。

「あの馬鹿親子にはそれくらいしてやってもよいだろう」

冥の頭は自分の腰くらいの位置にある。艶やかな黒髪には朝の日差しの輪っかが輝いている。

「へえ。お前もちょっと人間らしくなったんじゃないのか？」

「人間……らしい？」

冥が仰のいて周を見る。

「腹が立ったってことだろう？　お前が自分のこと以外で怒るなんてちょっと嬉しくなるな」

「腹が立ったのか、俺は」

冥は少し考える顔をした。

「腹を立てて……よかったのか」

とまどったような呟きに、周は空を見上げて軽く返答した。

「当たり前田のお殿様ってな」

「ふ、」

かすかな呼吸の音。周はものすごい勢いで首を回して冥を見た。

「今、笑ったか!?」

だがそこにあるのはいつもの人形のように整った顔だけだ。

「笑ってない」

「いや、笑った。それで胸も痛まないんだろ？　笑えるようになったのか！」

冥の笑った顔が見たい。周はずっとそう思っていた。人形のように美しいこの顔が笑ったなら、どんなにかわいらしいだろう。絵師としては是非見たい！

「笑ってない」

「いや、笑った！　笑ったって！」

「笑ってない……」

周と冥はずっと笑った笑ってないと言い合いながら、明るい朝の日差しの中を歩いて行った。

第四話　見習いと半人前

序

「浅草《あさくさ》で殺しだ」

周が小者の弥平と一緒に奉行所の門をくぐった途端、同僚に声をかけられた。伊丹が奉行所の入り口の前で器用に十手をくるくると回している。

「殺しですか？」

「三下《さんした》同士の喧嘩だ。ケチな野郎がケチな真似をしたケチな事件だ。ああ、面倒くせえ」

伊丹はにやりと笑うと、周の肩をぎゅうっと摑んだ。

「そんなわけでこの捜査はお前に譲ってやるよ、一人でやってみろ」

「ええ？」

今までは一人で動くなと叱られてばかりだったのに、どういう風の吹き回しだ？

「まあ犯人があがっても誰も喜ばねえだろうが、見習いにはちょうどいい小《ち》っせえ事件だ。せいぜい頑張れよ」

「は、はい」

伊丹は羽織の裾を翻して奉行所を出て行った。ぽかんと見送る周に小田島が笑いながら近づいてくる。

「おはよう、周」

「あ、おはようございます、小田島どの」

「伊丹に事件を押しつけられたな」

「はあ……自分でいいんでしょうか？」

「押し込みを捕らえる考えを出したり、吉田屋の死体隠しの件を暴いたりしたんだ、もっと自信を持て」

「はあ……」

しかしどちらも冥の与えてくれた力のおかげで、自分で解決したという自覚はない。

「伊丹はケチな事件だと言ったが事件に大小は関係ない。三下でも大名でも命はひとつだ。その大切なものを奪ったのだから犯人は裁かれねばならない」

「はい」

答える周の顔を見て、小田島は「ふむ」と顎を撫でた。

「お前、少し変わったかな」

「え？」

「今まではどこか投げやりな顔をしていたが、今はちょっと同心の顔になっている」

「ええ？」

周はあわてて自分の顔を両手で押さえた。

「今までそんな顔をしてましたか？」

「はは、俺の気のせいかもな。お前はもともとちゃんと同心だったのだろう」

小田島はぽんと周の肩を叩く。

「まあがんばれ。これで犯人をあげれば伊丹の嫌みも少なくなるかもしれんぞ」

「はい」

さっそうと出て行く小田島に頭を下げる。隣で弥平が目を擦っていた。

「どうした、弥平」

「いえ、小田島さまのお言葉が嬉しくて……坊ちゃんもようやく父上様や兄上様のような同心におなりになったのだと思って」

「そんなことで泣くなよ」

年寄りをなだめ、周は奉行所を振り仰ぐ。もしも自分が変わったのだとしたら、冥の力を借りて、人の魂の行方を見ることができるようになったからかもしれない。

無残に死んで悲しみのままこの世にさまよう人の切なさ、そんなものを目の当たりにすれば、その苦しみから解放してやりたいと思う。その思いが少しは自分を成長させたのだろうか。

門の向こうは江戸八百八町。この町に残る死者たちのために、俺は自分ができることをしよう。

「じゃあ弥平、俺は浅草に行ってくるよ。気をつけて帰ってくれ」

「へえ、周坊ちゃんもお気をつけて」

「弥平、……頼むから外で坊ちゃんはやめてくれ……」

浅草の番屋へ着くと、奥の三畳ほどの板の間に死体が運び込まれていた。浅草寺《せんそうじ》の裏の雑木林で見つかったという。

筵に載せられた死体には匕首でつけられたらしい傷が三箇所、どれも下のほうからえぐるように刺されている。犯人は背の低い人間だったのだろうか。

遺体の身なりはよれよれの単衣に細帯で、持ち物はないという。崩した髷といい、腕に彫った蛇と菊の入れ墨といい、確かに伊丹の言うように遊び人かヤクザの三下だろう。

周はさらさらと似顔絵を作ると、番屋に詰めていた岡っ引きにそれを持たせ、浅草界隈のヤクザの組に当たってもらった。

半日ほどでそれが浅月《あさつき》組という組の男、半次《はんじ》だとわかった。最近は対立して抗争している相手もいないということで、単なる喧嘩だろうと組の人間は言い捨てた。

ただ個人的な喧嘩とはいえ、ヤクザの代紋を背負ったものが殺されたのだ、浅月組は血眼で相手を捜すだろう。彼らより先に犯人を見つけ、保護しないといけない。

周は似顔絵を持って浅草の居酒屋や茶屋を回った。昨日半次を見かけなかったか、半次と一緒にいた人間を知らないか、男と一緒だったか女と一緒だったか。

やがて意外な事実がわかった。

「文三」

その名が出てきたのだ。

半次と一緒だった男の名だ。

「そいつが半次にくってかかってて、半次はへらへらしてたんだが、そのときに言ってたんだ、『文三さんよお、そいつぁお門違いだぜ』って」

半次を目撃したという居酒屋の板前がそう証言したのだ。

「文三」

その名を聞いて周の左目が疼《うず》いた。

満月の夜、自分に毒を浴びせかけた人間だ。あれからも捜してはいたがまさかこんなところで名を聞くなんて。

同じ名の男かもと思ったが、聞いた見た目はあの文三で間違いなさそうだった。

「文三……必ず捕まえてやるぞ」

一

冥は黒い着物に赤い袴の子供の姿で江戸の町をさまよっていた。もう一刻（約二時間）も歩いているのに霊が見つからない。八丁堀から歩き出して大川に沿って北へ歩き、柳《やなぎ》橋《ばし》を渡って今は浅草近くの田原町《たわらまち》まで来ていた。

現世に来てからすでに一月《ひとつき》近い。一日一人は必ず見つけろと獄卒の先達からは言われているのに、このままでは予定の数に達しない。

冥は疲れ果てため息をついて、通りかかった神社の石段に座り込んだ。

「これ、の」

頭の上で声がした。真綿の中で鈴が鳴っているような柔らかな声だ。振り向くと霊を冥府へ送る白狐、ダキニが空中でくるりくるりと回っている。

「なんだ、まだ霊は見つかっていないぞ」

冥が不機嫌に答えると、ダキニは地面まで降りてきた。白い尾がさわりと地面を掃く。

「なにを休んでおるの。自分の務めはどうしたの」

「ちゃんとやっている」

「昨日も霊を見つけられなかったではないの」

ダキニは目を細めて言った。常に笑っているような声音が、今は嘲りの調子に聞こえる。

「こんな子供の体では時間がかかる。歩幅も体力も大人の半分しかないのだぞ」

「閻魔大王にいただいた器に文句をお言いでないの。そもそもお前のような半人前、現世にくるのは早すぎるの」

ダキニは銀色の髭を震わせて叱咤した。

「半人前ではない」

冥は反論した。冥府でも半人前と呼ばれていた。だが、現世で霊の回収の仕事を仰せつかった今は、一人前のはずだ。

「お前が子供の姿になってしまうのは半人前の証拠なの、ちゃんとした獄卒は昼間でも大人の姿なの」

冥は小さな子供の両手を見た。確かに力が不足すれば体が子供になるというのは冥府で注意を受けていたが、こう毎日変わってしまうとは思ってもいなかった。

ダキニは太い尾で地面を打つとまた上のほうへ飛び上がった。

「お前には目的があってこの世にきたんじゃないの。予定の人数を捕まえられなければ冥府に戻らせるの」

「それは――」

「さっさとお行き。今日中にあと一人なの」

「うるさい、わかっている！」

冥は袖口から鬼灯の枝を滑らせると、ダキニに向かって振り回した。ダキニはきゃきゃきゃと子供の笑い声に似た声をあげると空の中に消えた。

「くそ……っ」

冥は頭を抱えた。その耳に神社の境内で遊んでいる子供の声が聞こえてくる。

「えんまさまがーころんだー……」

冥は顔をあげ、石段の上を見た。きゃははっと弾ける笑い声。

「えんまさまがー……こーろんだあ……」

その声に呼び寄せられるように、冥は石段を登り始めた。

※

周は浅草寺までやってきた。大勢の参拝客や、参道の出店目当ての客たちで溢れている。がまの油を売る大道芸人や、紙を広げて大文字《だいもんじ》を書いている修験者もいる。中に一人、石畳の上に這いつくばって絵を描いている男がいた。目線の先には足を広げて腹を舐めている猫がいる。

(あれは……)

周は足音を忍ばせてその男の背後に近づいた。男は帳面に猫のいろいろな姿を描き写している。柔らかな描線でいきいきとした絵は今にも紙から飛び出してきそうだった。

「師匠、重良《しげよし》師匠」

声をかけると男は猫のしっぽの先まで描きあげてから、こちらを振り向いた。

「おお……っ！　周《しゅう》の字じゃねえか」

重良、と周が呼んだ男はバネ仕掛けのように飛び起きると、周の両腕をばんばんと叩いた。周より小柄だが、その腕も体も鍛えられた硬い筋肉で覆われていた。

「久しぶりだな、お前が同心になるって俺のとこに来た以来か？　どれだけぶりだ？」

「まだ一年ですよ」

「立派な同心になったなあ」

重良はつるりとそり上げた坊主頭をぴしゃりと叩く。垂れた目や大きな口に愛嬌があり、その笑顔にいつも釣られてしまう。

「羽織だけで、まだまだです。まだ見習いの文字がとれないんです」

「いやいや、立派な面構えだ。とても絵師の周閑《しゅうかん》とは思えない」

絵を描いていたときに名乗っていた「周閑」という呼び方に、周はこそばゆくてもぞもぞと肩を動かした。

歌川重良は周が師事した絵師だ。工房に十人以上もの絵師を擁し、肉筆画や浮世絵、絵双紙の挿絵や看板描きなど、仕事を選ばず作業している。

十歳で人の紹介で重良の工房に入った周は、最初は師匠の絵の模写から始め、分業で少しずつ絵を描き、そのうち彩色まで任されるようになった。

師匠の知り合いが長崎で蘭画を学んでいると聞いて、興味を抑えられず長崎で絵を学びたいと頼み込み、父を説得して旅に出た。

長崎で何枚かの蘭画に触れ、その描き方や構図に心を奪われ、師匠の知り合いに教えてもらった。途中で父の訃報を得たが、江戸には戻らなかった。

俺もこれからは蘭画で日本を、いや世界を驚かせたいと胸を震わせていたときに、今度は兄の病の連絡をもらった。

さすがに帰郷した。そして兄の跡を継いで同心となり、絵筆を折った。

重良師匠はそんな周の屈託を知る唯一の人間だった。

「師匠も相変わらずのようですね」

周は重良の手の中にある猫の絵を見て言った。

「おお、あまりにもいい風体だったからなあ。いや、猫はかわいい」

重良は猫好きだ。工房の中にも何匹も猫がいた。ときには爪で破かれたり、毛玉を吐かれて汚されたりしたこともある。だが師匠が猫のいる工房を許しているので弟子たちには否応《いやおう》もない。せいぜいできあがった絵はしっかりと保管し、描いているときは猫を寄せ付けないようにするしかなかった。

「周の字、久々に工房《うち》に顔を出せよ。みんな会いたがっているぜ」

「いや、俺は今仕事中で……」

「こんなところにいるってことは、どうせ浅草あたりの聞き込みだろう? 俺ンちも浅草だ。

工房の連中にも聞き込んでみりゃあいい」

重良師匠はそう言うと、筋張った腕でぐいっと周の首を抱え込んだ。絵師には体力が必要だと、毎朝重い石を持ち上げているだけあって力が強い。

「師匠……もう、仕方ないなあ……」

そう言いながらも周は久々に工房を覗けることが嬉しくて仕方がなかった。

※

冥が神社の石段を登りきると、そこには子供たちが五人ほど遊んでいた。一番年上で八歳くらいか。素早くあたりを見回したが大人は誰もいなかった。

「なんだ、おめえ」

子供たちの中で年が上の少年が、黒い着物に赤い袴というこのあたりの子供には馴染みのない格好をしている冥をじろじろと見る。

「聞きたいことがある」

冥はスタスタと子供たちに近づいた。年下の子供たちはさっと少年の後ろに隠れる。

「おまえたち、幽霊の話を聞いたことはないか？」

「ゆうれい？」

子供たちは顔を見合わせた。

「どこそこの長屋や寺に幽霊が出るという話だ、どうだ？」

子供社会の間の噂話は大人のそれと同じか、それ以上に広がるものだ。もしかしたらなにか手がかりがあるかもしれない、と冥は頼ってみることにした。

「幽霊かー」

年長の少年は首をひねった。

「おいらは知らねえな。おめえらはどうだい」

自分の後ろにいる子供たちに聞くと、何人かは首を横に振ったが、一人だけ小さく手をあげた。

「あたい、しってるよ」

てっぺんで髷を結ぶ、芥子《けし》坊主と呼ばれる頭をした幼い子供だった。

「おおやさんが、こまったなあってゆってた」

「そうか！」

冥は勢い込んでその子のそばに駆け寄った。

「どこだ、そこは」

「ちょっと待てよ！」

年長の少年がさっと幼い子供の前に立ちはだかると、両手を広げた。

「ただで聞かせるわけにはいかねえな」

「なんだと？　金をとるのか」

「金なんかいらねえよ」

少年は鼻先でふんと笑った。

「俺たちは『えんまさまがころんだ』をやってんだ。お前もまざって勝負しろ。そうしたら教えてやるよ」

「えんまさまがころんだ、だと？　不敬な！　閻魔さまは転びはしないぞ」

「いいんだよ、ただの遊びの名前なんだから。どうだ？　やるのかやんねえのか」

冥は子供たちの顔を見た。みんなこの新参者にきらきらと期待に満ちた目を向けてくる。

「いっしょにあそぼう！」

幽霊を知っていると言った子供が叫んだ。

「えんまさまがころんだ！」

※

「おい、誰が来たと思う！」

重良師匠は工房の戸を勢いよく開けて叫んだ。中にいた弟子たちがみんな顔をあげ、師匠の後ろの背の高い男を見る。

「周の字！」

「周閑じゃねえか！」

「うわ、周の字が同心のかっこしてる！」

少し前まで一緒に絵を描いていた仲間たちが次々と声をかけてきた。周は気恥ずかしさを覚えながら頭を下げる。

「周の字！　お前同心のくせにその頭はなんだよ」

みんながゲラゲラ笑う。月代を剃っていない頭を笑っているのだ。

「いやまあ、これはちょっと意地っていうか……」

広い土間に上がるとニカワの匂いがした。肉筆画を描くとき、顔料を定着させるためのもので、動物の骨や皮を原料としているため独特の匂いがする。

「懐かしいなあ」

框《かまち》に腰を下ろし、みんなが描いているものを見る。一人は絵双紙の挿絵を描いていた。別の一人は掛け軸用の絵を描いている。みんなが「見ろ見ろ」と自分の描いた絵を周に見せてくれた。

ここでは周は同心でも侍でもない。ただの絵師だ。この温かさが嬉しかった。

「最近描いているのか？」

「ああ、ちょっとした落書きだけど」

そう言って懐から帳面を取り出す。先日描いた桜の木だ。わらわらと工房の絵師たちが寄ってきて覗き込む。

「ああ、やっぱり周の字は構図がいいなあ」

「ここ、もう少し抜けたほうがいいんじゃねえのか？」

ああだこうだと描いた絵を前にいろいろ言われるのも楽しかった。

「そういや、周の字。文《ぶん》ちゃんに会ったかい？」

掛け軸の鯉に色を塗っている男が聞いてきた。

「ぶんちゃん……？」

記憶にない名前に首をひねる。工房の誰かだったろうか。

「あれ？　覚えてないかい。まあ、文ちゃん、周の字が来た頃からだんだん来なくなっちまったからな」

「そうそう。文ちゃんがこないだ血相変えてやってきて、お前のことを聞いてきたんだ」

もう一人も話に加わった。

「ありゃあびっくりしたなあ、最初だれかわかんなかった」

「ああ、文ちゃん、十年でずいぶん面変わりしてたからなあ」

みんながうんうんとうなずき合う。

「俺のことをって？」

話が見えずに周が尋ねる。

「あのな、周はなにやってんだって。同心みたいな格好しやがって、って」

「文ちゃん全然顔みせなかったから知らなかったんだな」

「だから同心になったんだよってみんなで笑ってたら、急に怒りだして」

「あの、ぶんちゃんて……」

思い出せない名前に周は困ってみんなの顔を見た。

「お前の先輩さあ。少しは教えてもらったことあるだろ？　文三だよ。忘れちまったか？」

「文三⁉」

周は思わず立ち上がった。まさかこんなところでその名前を。

「ぶ、文三って、背が低くて目の上に傷があってなんか手が震えてるやつ……」

「そうそう。工房《ここ》を辞めたのもあの手のせいだ。まともに筆も持てなくなってなあ……」

「あ……っ」

急に思い出した。文三、文ちゃん。この工房にいて、一度だけ周に空の色の塗り方を教えてくれた。気さくで面倒見がよくて、いつもどこかしら傷を作っていた。

「ちょっと転んだんだよ、おいらどじでさ」

怪我のことを聞いたときの、照れた笑顔も思い出した。あの頃文三は痩せていて陽気だった。今のように小太りで陰気な男ではなかった。わかるわけがない。

「あれが……文ちゃん……文三⁉」

俺は文三と縁があったのか。だがなぜ。なぜ文三は俺を殺すような真似を。

「文三が俺のことを怒ってたって……？」

「そうなんだよ。俺たちもしばらくぶりに顔を見たと思ったら、急にお前のことで怒りだしてさ。ほら、そこの障子」

工房の一人が入り口の腰高障子を筆で指した。

「蹴破りやがって、俺たちで修繕したんだぜ」

障子の下の木の部分が別の板で塞がれていた。

「文三はなんでそんなに俺のことを……」

周の疑問に他のものは肩をすくめる。文三はなにも言わずに帰ったらしい。

文三には俺に毒矢を射る理由があった。それほど怒っていたのだ。だけど。

「だからって俺は許せねえぞ」

周はズキズキと疼き出した左目を押さえた。あのときの絶望は忘れられない。

俺に毒矢を射て、ヤクザの三下を殺したかもしれない男、文三。

絶対に追い詰めてやる！

※

「えんまさまがころんだ！」

子供の甲高い声に冥はぴたりと動きを止める。木に腕を預けている子供は鋭い目つきで冥を睨んでいた。少しでも動けば即座に名を呼ぶつもりだろう。だが冥は動かない。

この遊びは鬼が木の幹に顔を当てて目を閉じ、「えんまさまがころんだ」と言っている間に近づいて鬼の背を叩けば勝ちとなる。ただし、鬼が言葉を言い終わって振り向いたときに動いたりすれば捕まってしまう。残った子供は鬼の手と捕まった子供がつないだ手を切って離さなければならない。

この遊びを考えたのは、今鬼をしている年長の子供だという。冥は初めての遊びに緊張していた。

「……えーんーまーさーまーがー」

子供は首を戻し、再び腕に顔を押しつけてわざと間延びした言い方をした。冥はじりじりと近づく。

「ころんだっ！」

今度は一息に叫ぶ。お見通しだ、と冥は心の中でほくそ笑む。周りの子供たちはもうみんな鬼に捕まって木の幹から数珠つなぎに伸びていた。冥はそこまで到達して子供たちを解放しなければならない。あと二、三歩だ。

子供は顔を木に戻した。冥は勝負を賭けることにした。

「えんまさまがー……」

冥は地を蹴った。二、三歩の距離を一気に飛び越える。捕まっていた子供たちが驚異の目を向けた。

「きったぁ！」

冥は叫んで鬼と捕まっている子供たちの手を手刀で叩いた。子供の姿のときは力も子供のままだ。元の力で叩けば子供の腕など折れてしまうだろう。

わあっと解放された子供たちが蜘蛛の子を散らすように逃げ出す。鬼は冥に向かって走ってきた。

「捕まえるぞ！」

「させるか！」

冥は駆けだした。だが細い子供の足がもつれる。

「くそっ！　獄卒が鬼に捕まってたまるか！」

冥は追いかけてくる鬼の手をかいくぐって走り回った。

※

周は重良師匠から文三の家の場所を聞いたが、それは前に周が訪ねた場所と一緒だった。戻ってはいないだろうと思ったがもう一度行ってみる。

大家に話を聞くと案の定、文三は戻っていない。もう戻るつもりがないのかもしれない。

「それにしても困ったもんだよ。文三さん、とんでもない置き土産、残しやがって」

「置き土産？」

大家の愚痴に周はもう一度文三の部屋を見せてもらった。驚いた。この間は暗かったので気づかなかったのだ。

「これは……」

壁に大きく絵が描かれている。震える線で描かれたそれはどうやら浅草寺五重の塔のようだった。

がたがたと震える線で描かれた下手くそな絵だ。それでも命の熾火《おきび》のように、どこか、なにか、必死さを感じさせる絵だった。

文三は手が震える病に罹《かか》っていた……。

工房の絵師たちの言葉が蘇る。

絵師がまともな線を引けなくなったら終わりだ。

文三はなにを思ってこの絵を描いたのだろう。不自由な腕で……。

周は絵の前に立ち尽くし、記憶の中の文三に呼びかけていた。

（文三……文ちゃん……あんたは今どこにいてなにをしてるんだ……？）

二

昼過ぎに奉行所へ戻ると門の前で冥が待っていた。黒い着物も赤い袴も泥だらけだ。本人もくたびれている様子で、顔にも泥がついている。

「よう、冥。こちらいろいろな進展があったぜ」

周はそんな冥に片手を上げて呼びかけた。冥はゆらりと塀から体を起こし、不機嫌そうな顔で見上げてきた。

「すぐに一緒に来い。霊がいた」

その言葉に周はやれやれと肩を落としてみせる。

「ちょっと蕎麦でも食わせてくれよ、今浅草から戻ったところなんだ」

「浅草？」

冥が不審げな顔をする。

「奇遇だな、俺の用事も浅草だ」

「トンボ返りかよ。だったら余計に一休みさせてくれ。蕎麦、おごってやる」

「そば……」

「知らねえのか？　こうつるつるってな、うまいぞ」

周は箸で蕎麦を手繰《たぐ》る真似をしてみせた。冥は不承不承と筆で書いたような顔をして、うなずく。

「それにしても、そんなのいつものお前ならすぐにその場から引き剥がしそうなもんだが、なんで俺を待ってた？」

蕎麦屋に向かって歩き出しながら周は尋ねた。

「……たぶん、貴様に来てもらったほうがよさそうなのだ」

「俺に？」

「文三に関する霊だ」

「おいっ！」

周は冥の小さな肩を両手で摑んだ。

「まさか文三が死んだのか⁉」

「違う。その霊は文三ではない」

「……そ、そうか」

周はほっとして冥の肩から手を離した。ようやく自分と文三につながりがあるとわかったのだ。ここで死なれてはわけがわからないままだ。

冥は痛そうに押さえつけられた肩を撫でる。

「文三に近いものらしいのだ。話ではもうかなり長い間その場にいるらしい」

「へえ？」

「子供の話だからどこまで信用していいのかわからない。大家にも聞いたが俺が子供の姿なので詳しくは話してくれなかった。お前から聞いてくれ」

「わかった」


蕎麦屋でかけ蕎麦を頼んだのだが、冥は箸を使うのが難しいらしく、苦戦していた。せっかく周と食べるようになって箸の持ち方を変えたのに、今は握りこぶしを作って箸を操っている。それでも蕎麦はするりと逃げて一本も口に入っていない。

「あーあーあー」

周はどんぶりを抱えて汁ごと麺をすすろうとしている冥を、声をあげて止めた。

「悪かったよ、お前は麺を食べ慣れてないんだな」

「こんなもの食ったことがない」

冥は悔しげに言う。

「しょうがねえなあ」

周は席を立つと冥の隣に腰掛けた。自分のどんぶりを持って麺を手繰る。

「ほら、口を開けろ」

「やめんか、馬鹿者」

「そんなこと言ったって食えねえんだろ、せっかくの蕎麦、早く食わねえと伸びるぞ」

「うう……」

「いいから、口開けろって」

やや強引に箸を口の中に入れる。冥は口から蕎麦を垂らしたまま周を見上げた。

「吸い込め、ずずっと」

ずっずっと冥が頭を前後に動かしながらすする。麺が初めてなら難しいかもしれない。

「すするんだよ、ああ、時々休め。……そうそう」

なんとかすすり上げ、冥も周もほっと息をついた。

「どうだ？　うめえだろ」

「……うまい」

「じゃあもう一口」

再度箸で麺を手繰ってやる。冥はもう抵抗せずに蕎麦を口に入れた。

「いいぞいいぞ、その調子だ」

二度目からはこつをつかんだのか、なんとかうまくすすれるようになった。周はすぐに麺を冥の口元に持っていく。

(子供がいたらこんな感じなのかな)

蕎麦をすするのが下手な子供に麺を食べさせる……そんなことを想像してしまった。

(しかし昼間でよかった。夜の冥相手なら――)

あのきれいな顔に麺を食わせることを思うと、なんだが背筋がぞくぞくする。

冥が周の蕎麦を全部食べてしまったので、周は冥の蕎麦を食べることになった。

「そういえばさっき幽霊は子供の話だと言っていたな。子供に聞いたのか？」

「そうだ」

冥はどんぶりを両手で持ってつゆを飲みながら答えた。

「子供相手によく聞き出せたな。泣かせたりはしてないだろうな」

「ちゃんと勝負して聞いた」

「勝負？」

冥はどんぶりを持つ手に力を込めた。

「獄卒となって以来あんな屈辱を受けたのは初めてだ。この汚名をそそぐためにも霊の魂を損なわず完全に冥府に送りたい」

「な、なにがあったんだ？」

冥はきっと顔をあげると何か言いたそうに口を開けたが、ぎりっと歯をくいしばった。

「……言わん！」


蕎麦を食べた後、浅草へ向かった。幽霊が出るという長屋は浅草寺にほど近い場所にあり、周はまず大家の住まいを訪ねた。大家は表店で木綿などの太物《ふともの》と呼ばれる生地を扱っている店を営んでいた。

「同心の旦那がわざわざ幽霊退治に来てくださるとは」

大家の作兵衛《さくべえ》という初老の男が頭を下げる。

「いや、退治できるかどうかはわからないのだが、店子が居着かなければ困るだろう？」

「そうなんですよ。住んで二、三日、長いやつでも十日ともたないんです。なんとかしてください」

「どういう幽霊か見たことはあるのか？」

作兵衛は気まずそうに頭をかいた。

「あたしは見たことがないんです。でも幽霊の正体についてはよく知ってます」

大家は周のそばにいる冥のほうを顎でしゃくった。

「さっきもその子に言ったとおり、かわいそうなやつでしてね、息子の名前をずっと呼んでるんですよ」

「息子……？」

「へえ、文三、文三ってね」

周は思わず冥を見た。冥もうなずき返す。文三の筋というのは、父親だったのか。

周は大家に幽霊が現れるという部屋を案内してもらった。五軒並んだ部屋の真ん中。同心が幽霊退治にきたというので、暇な女房たちが戸口から覗きこんでいる。

周は部屋に入って驚いた。この部屋にも浅草寺五重の塔の絵が壁一面に描いてある。明るい日差しに浮き上がったそれは文三の絵とは違い見事な出来で、まるで浅草寺のにぎやかな参道にいるようだった。

「これは……」

「これは乙吉《おときち》さんの絵ですよ」

確かに左下に「乙」と署名がある。

「乙吉さんも昔は名の売れた絵師だったということですがね」

構図は文三の部屋で見たものと一緒だった。文三はこの絵を真似たのかもしれない。

「店賃が滞ったとき、乙吉さんが描いたんですよ。自分たちがいなくなったあともこの絵があれば店賃は倍になる、なんてね。そりゃ売れっ子のままならそうでしょうが……」

大家の作兵衛は寒そうに首をすくめた。

「なにかあったのか？」

「病ですよ。手が震えて絵筆が持てなくなったんです」

手が震える病――確か工房の絵師たちが、文三の病をそう言っていた。父親と同じ病になったということか。

「絵が描けなくなってからは荒れましてねえ。子供たちがまだ小さい頃ですよ。酒を飲んでは女房子供に手を上げるようになって……」

作兵衛は絵を見上げて首を振った。

「息子の文三さんも絵師を目指してたから親父さんの世話はよくしてましたけど、乙吉さんと違ってなかなか独り立ちできないみたいでね。絵の世界ってのはあたしにはよくわからないんだけど難しいんですねえ」

そうだ、誰だって一流になる道は険しい。師匠のような売れっ子など一握りだろう。

「店賃が遅れては文三さんが謝りに来るんですよ。そのときにいろいろ相談されたんですが、あたしには絵の心得がなくて……ちゃんと答えてあげられなかったのが心残りです」

文三はおそらく素人の大家に答えなど求めていなかっただろう。話を聞いてほしかっただけだ。

では工房の仲間たちに相談を？　いや……。

周は口元を押さえた。

(俺が文三でも絵師仲間たちに弱音は吐けない)

病で酒に溺れ暴力を振るう父、なかなか売れない自分、文三は悩んだだろう。そして、自分もまた父と同じ病に罹り始めた。

それが俺が工房に入った頃だったのか。

「周……」

冥が周の袂を軽く摘まむ。明るい部屋の隅にうっすらと陰りが……人の姿が見えてきた。

「大家さんよ。親父は死んでいるのだろう？　やっぱり病がもとで死んだのか？」

大家はびくっと身をすくめた。その話が出ないようにと願っていたのにとうとうきたか、という顔をする。

「いや、実はですね……病気じゃないんですよ」

「病気じゃない？　事故か？　それとも」

部屋の隅の黒い影。いやな予感で周は囁いた。絵師が絵を描けなくなればあるいは——。

「首でもくくったか？」

「いえ、……」

意外なことに大家は否定した。汗もかいていないのに額を拭う真似をする。

「……殺されたんでさあ」

「なんだって⁉」

驚いた。妥当なところで病死か自害かと思っていたら、思いがけない言葉が出てきた。

「誰が殺したんだ！　犯人は捕まっているのか」

周の勢いに大家は「ひえっ」と首をすくめ、

「いえ、それがさっぱりわからないんでさあ。部屋に乙吉さんしかいなかったときのことで、女房も子供たちもみんないなかったって言うんですから」

「いなかった？」

「当時よくあったんですよ。荒れる乙吉さんを残してみんなで浅草寺にお参りにいくことが。そりゃ家にいたら殴られるんですからね」

母子は身を寄せ合って乙吉の怒りがすぎるのを待っていたのか。

「それで帰ってきたら乙吉さんが首を絞められて殺されていたって言うんです」

「そう……だったのか」

奉行所へ戻って当時の資料を調べれば、事件の口書《くちがき》が出てくるだろうか。

「まあタチの悪い酔っ払いが殺されたってことで、お調べもいい加減だったんでしょうね。今になっても犯人があがったって話は――おっとすみません」

「いや……」

今だって三下が殺されたと言って見習いに事件を放り投げるやつがいるくらいだ。大家の言うように熱心な捜査は行われなかったのかもしれない。

「無残だな」

絵が描けなくなった絵師、というだけで周には胸に迫るものがある。つい自分に置き換えてしまうのだ。そのあげくに殺されてしまうなんて。それは化けて出たくもなるだろう。

「そのあとおっかさんもすぐに亡くなってね。それで文三さんと妹はこの長屋を出て行ったんですよ。で、しばらくして幽霊の噂が……」

「大家さん、悪いが少し部屋から出ていてもらえねえか？」

「へえ？」

「文三の親父と話をしてみる」

そう言うと大家はへっぴり腰になり、部屋の中を見回した。明らかに怯え始めている。

「ゆ、幽霊と話をですか？　そ、そ、そんなことができるんですか」

「この子がいればできる。この子は幼くても修験者なんだ」

「へえっ」

　大家は驚いて目を剝き、ついで感心した顔で冥を見つめた。

「そりゃあこのお子は、こんなきらきらしいお顔でただもんじゃないとは思っていたけど……修験者とはねえ。たいしたものだ」

「なのでしばらくこの子と二人にして欲しい」

「わ、わかりました」

　大家が部屋から出たあと「さあさあ見世物じゃないんだから」という声が外から聞こえた。女房たちを部屋に戻しているのだろう。

　暗がりに目を凝らすと、白髪頭の男の姿が見えた。背を丸め座り込んでいる。

「……乙吉さんかい？」

　周はうずくまる男の前にしゃがんで声をかけた。

「俺は高村周って言うんだ。歌川重良師匠のところで絵を学んでいた。今は同心をやっているが、大家よりは絵のことがわかると思うぜ」

　そう言ってみたが老人の霊は顔をあげない。よく聞くとなにか言っていた。これが店子を逃げ出させる幽霊の声か。

「……ぶんぞう……」

乙吉はそう呟いている。

「ぶんぞう……ぶんぞう……すまねえ、ゆるしてくれ……ぶんぞう……」

すすり泣くような陰気な声で、こんなのが四六時中聞こえれば、そりゃあ気も滅入ってしまいそうだ。

「乙吉さん、あんたなにをそんなに謝っているんだ」

周は顔を覗き込むようにして聞いてみた。だが乙吉からは返事がない。文三文三と息子の名を呼ぶだけだ。

「あんたを殺した相手は誰だ？　そいつに恨みはないのか、犯人を知らないのか」

さまざまに声をかけたがまるっきり通じない。周は後ろに立っていた冥を振り仰いだ。

「おい、こっちの声は聞こえないのか？」

「たぶん、聞く気がないのだ」

冥は腕を組んでしかつめらしい顔で答えた。

「会話のできる霊もいるが、こんなふうにひとつのことを思い込んでいる霊は、そのこと以外には反応しない」

「ということは……」

周は頭をがりっと掻きむしった。

「文三を連れてきて直に謝らせればいい」

「ここでも文三かよ！」

結局文三を見つけないとなにもかも解決しないというわけだ。

「こんなふうに執着の強い霊を剝がすのはかなり難しい。無理やり引き剝がせば魂に傷がつき、転生したときにどこかに難が残ってしまう」

冥は乙吉の前にしゃがみ、顔を覗き込んだ。

「十年近く獄卒の目を逃れて居座っている霊だ。これを連れていければもう二度と……」

冥が言いかけて言葉を切る。周はしばらく待っていたが、続きを語る気はないようだった。

「まあとにかく問題は文三だな。文三さえ捕まえれば三下殺しの事件も解決、俺を襲った理由も判明、冥が手柄を挙げることもできる。一石二鳥どころか三鳥だ。いや、幽霊がいなくなれば大家も喜ぶ、四鳥だぜ！」

快哉を叫ぶ周に冥がひやりとした声で告げた。

「……文三を捕まえられればな」

そう、それが問題だ。

三

周と冥は文三の手がかりを求めて今度は歌川重良の工房へと向かった。浅草寺を挟んでぐるりと反対側だ。今日は何度も浅草寺の黒い屋根を見ることになる。

「あれ？　周の字。どうした忘れ物か」

「いや、そうじゃねえんだ。その、」

工房の戸を開けるとそんな声が飛んできた。

「お？　なんだ周の字。その子供は」

「お前の子か？」

「こりゃまたお雛様みたいにきれいな子だな！」

わっと絵師たちが盛り上がって周と冥のそばに押し寄せてきた。冥もさすがに驚いたようでとまどっている。

「いや、その、知り合いの子供を預かっていて、ちょっと浅草寺でも見せようと思ってついでに連れてきたんだよ」

苦しい言い訳だったが、工房の仲間はきれいな子供を見るのが珍しいのか、飴食うか？

絵を描いてみるか？　とちやほやしている。中には冥を描こうとして叱られているものもいた。

周は師匠に断って文三が工房に残していった絵を見せてもらった。

文三の絵は浅草を描いたものが多かった。好きな題材なのか浅草寺の五重の塔も多い。上手だが面白みに欠ける絵だった。

「文三はなあ、模写なんかさせたら巧かったんだよ。でも自分が描くものはどうもこう、平坦な感じでな。自分でもわかってたらしくてずいぶん悩んでいたんだ」

師匠が周の隣から絵を覗き込んで言った。

「文三を捜して元の住まいにも行ってきました。父親も絵師だったんですね」

「ああ、乙吉さんか。ありゃあ、喜多川《きたがわ》の筋だ。乙吉さんの絵はよかったな。ぱっと明るくて華やかで」

「乙吉さんの病については知っていたんですか」

重良は渋い顔でうなずいた。

「詳しくはねえが筆が持てなくなる病だと聞いた。絵師にとっちゃあ命取りだ。まさか文三にも同じ病がでるとはなあ、因果なこった」

「乙吉さんは絵が描けなくなってから家族によく手を上げていたらしいんです」

それを聞いて重良はぱしりとそり上げた額を叩いた。

「ああ……そうか、文三がいつも怪我してたのは」

「ええ」

「筆を執ると震える手は、子供を殴るときには震えねえのかな、ったくよ」

周と重良はしばらく黙って文三の絵を見ていた。

「あ、これこれ」

重良は、めくっていって出てきた絵の一枚を指さした。

「めったに人物画を描かない文三が描いた女の絵だ。仕草は色っぽくしてるが、絵に色気がねえ。頑張ってたんだがな」

茶屋の女を描いた下絵が何枚かあった。色をつけて掛け軸にでも仕上げるつもりだったのか、かなり丁寧に描いている。

茶屋の暖簾の下、女が床几に横座りになり、しどけなく足を投げ出している。女のかわいらしさや素直さは窺えるが、確かにどきどきするような色気はない。

「文三もそれでももう少し頑張ってれば一皮剝けたかもしれねえが、病になっちまったら、もう、な……」

重良は茶屋女の絵を手にしてそう呟いた。

「これは文三の女でしょうか」

「さあ、わかんねえ。そういう話は聞いたことがないな」

「茶屋の名前は……あやめ屋ですかね」

周は女の背景に描かれた茶屋ののぼりを指さして言った。はためいているのぼりにはかろうじて「あやめ」と読める。

「そうだな。たぶん浅草の茶屋だ。文三は浅草が好きだったからな」

「俺、この女に当たってみようと思います。もしかしたら文三の行方を知っているかもしれない」

ええ？　と重良は周を見て首を振った。

「しかし文三がこの絵を描いたのは十年以上前だ。今も女が茶屋にいるとは限らねえよ」

「わかってます。でも手がかりがこれしかない」

重良は絵を周に渡した。

「そうか。じゃあこれ持って行け。文三に会ったら……いつでも工房に戻ってこいと伝えてくれ」

重良は周が文三を捜している理由は知らない。だが同心が捜しているなら犯罪に関わっているだろうことはわかる。それでも。

「文三は絵師だからよ」

同心でも犯罪者でも絵を描くものならいつでも受け入れる。重良はそう言っているのだ。

「ありがとうございます」

よし行こう、と冥を振り向くと、彼は絵師たちに取り囲まれていた。熱意に押されたのか後ろ向きなら描いてもいいと妥協したようだ。みんながそれぞれの道具で線の細い子供の背中を描いている。

「髪がいいな、床に流れて輪になってる」

「子供の背中ってのはちっちぇえな」

「じっくり子供を見ることがなかったからな」

「そもそもじっとしてないし」

絵師たちの線で次々に生み出される冥。彼がいつか冥府へ帰っても絵は残るのだろうか。一緒に冥府へ消え去ってしまうのではないだろうか。

きりがないので、周は適当なところで切り上げて工房をあとにした。

仲間たちは「またこいよ」と手を振ってくれた。本当ならあそこへ戻りたい。みんなと最近の流行を話したり、描きたい絵双紙の挿絵の話をしたりしたい。でも。

「文三を見つけなければ」

周は浅草の茶屋を回って文三の下絵を見せた。移り変わりの激しい浅草では、十年も前の店を覚えているものは多くない。何軒目だったか数えるのをやめた頃、ようやくあやめ屋を覚えているものに出会った。

「あやめ屋はいまは桔梗屋《ききょうや》という名前に変わっているはずだよ」

桔梗屋なら今まで回った店の中にあった。対応してくれたのが若い茶屋女だったから、自身の働く店の前身など知らなかったのだろう。

周と冥はぜえぜえ言いながら桔梗屋に戻った。

「あらあ、これ、おみねちゃんじゃない」

桔梗屋に戻って今度は板場の人間に聞いてみると、手応えがあった。さっきも横着せずに店の奥まで入ればよかったのだ。

「おみね、っていうのか、この娘」

周は娘の絵をパンと手で叩いた。

「この絵を描いた文三っていうのを捜しているんだ。それでおみねに話を聞きたい。今どこにいるんだ？」

周は勢い込んで言ったが、だんごをこねていた女将《おかみ》らしい女はのんびりと首をかしげる。

「ええー、どこって、……どこだっけ？　確かねえ、茶屋に来てたお客と所帯を持ったはずなのよ」

「嫁いだのか」

「ちょっと待っててねえ」

女は店を出て隣の茶屋に入っていった。やがてもう一人同じ年くらいの女を引っ張ってくる。

「この子、おみねちゃんと同じ頃に店で働いていたのよ。今は立派な女将さんだけど」

引っ張られてきた女は不機嫌そうな顔をしていたが、丸髷を包んでいた手ぬぐいを取って頭を下げた。

「ええ、確かにおみねちゃんとは一緒に働いてました。あたしより顔はまずいのに、先に所帯を持つって茶屋を辞めたんですよ。確か旦那は駒形《こまがた》でチンケな下駄屋をやってるって言ってました。店の名前が美祢屋《みねや》で、名前が一緒で縁があるって自慢げでしたよ」

多少とげとげした言い方だったが、ようやく手がかりが摑めた。駒形ならここからすぐだ。周と冥は顔を見合わせた。

文三までもうひとふんばりだ！

西の空の青みの中に、ぼんやりと黄色が混じってくる。もうじき日が暮れるだろう。今日中におみねという女に会えるだろうか。

通りには黄色い山吹の花が咲いていて、地面に花びらを落としていた。黒猫がひょいとその花影に出入りする。

駒形で美祢屋の場所を尋ねるとすぐにわかった。けっこう間口の広い店で、店内には白木の下駄、焼き桐の下駄、絵が描かれた下駄など、いろいろと並んでいる。

柱には色とりどりの鼻緒が下がり、好きな台に鼻緒をあわせるようになっていた。

「いらっしゃいませ」

暖簾をくぐると丸い顔の女が愛想良く声をかけてきた。おみねだ。文三の絵よりもふくよかで年齢を重ねているが、かわいらしい面影は残っている。

周は懐から文三の下絵を取り出した。

「おみねさんだね？　この絵を覚えているかい？」

おみねは絵を見た途端、はっとして後ずさった。顔に怯えの表情が浮かんでいる。

「ど、同心の旦那さま……どうしてその絵を」

「浅草の重良先生のところに残っていたんだ。これはあんたを描いた絵だね」

おみねは子供がいやいやをするように頭を振った。

「いや、確かにあんただ。文三は見たものをそのまま描くことに長《た》けているんだ。この絵はあんただ」

必死に首をねじるおみねに、周は絵をぐいぐいと押しつけた。

「やめて、やめてください。あたしはもう兄とは縁を切ったんです」

「え？」

兄、だと？

周は絵を戻してまじまじと見た。そうか、この絵に色香を感じなかったのは対象が妹だったからだ。そりゃあ兄として妹に不埒《ふらち》な感情は持てないだろう。ある意味、文三は己の心に正直すぎたのだ。

「縁を切ったとはどういうことだ」

今まで周の後ろで黙っていた冥が言った。おみねは驚いたように子供姿の冥を見る。

「父が死に、母も死に、たった二人残された兄妹が縁を切るとはなにがあったのだ」

「そ、それは……」

静かに問う冥の声に、おみねは浅く呼吸した。

「周も落ち着け。そんな怖い顔をして迫れば相手も怖がる」

「……知りません」

「う……」

冥にたしなめられ、周ははあっと大きく息を吐いた。最後の頼みの綱と思い、確かに性急すぎた。

「すまねえ、ただ俺は文三の行方を知りたかっただけだ」

「……それは……兄を捕まえるためですか……？」

おみねは小さな声で呟いた。うつむいて、自分のつま先を見ている。

「え？　いや、まだ文三が犯人と決まったわけじゃねえが」

おや、と思った。おみねには文三を捜している理由は話していないはずだ。

「文三が捕まるようなことをしたと思っているのか？　やっぱり半次を殺《あや》めたのはあいつなのか？」

「え……」

おみねは初めて見るように周の顔を見上げた。夢から覚めたような目つきだった。

「半次……って」

「そいつが文三と一緒にいたのを知っているのか？」

「い、いいえ、いいえ」

おみねは激しく首を振った。

「兄とはもう十年近く会っていません。両親が亡くなってからあたしは通いだった茶屋に住み込ませてもらいました。兄は別れるときに縁を切ると言い捨ててそれからどこへいったのやら……あたしはもう死んだと思っていました」

「祝言のときは顔を出したんじゃないのか?」

おみねは切なそうな笑みを浮かべた。

「いいえ、兄はあれからあやめ屋にも来なかったし、あたしが所帯を持ったのも知らないんじゃないでしょうか」

「そんな」

手がかりが途絶えた。がっくりと肩を落とす周をおみねは申し訳なさそうに見つめる。

「兄がその、半次さんという方を殺めたというのは本当なんですか?」

ふうっとため息をつき、周は腰に差した十手の柄に手をかけた。

「半次と最後に一緒にいたのが文三なんだ。だから捕まえて本当のことを聞きたいと思っている。半次は淺月組の三下だ。だから淺月組も犯人を捜している……。文三のことが知れたらやつらはきっと追いかける。淺月組に捕まる前に俺たちが保護したいんだ」

「そうだったんですか……」

おみねもまたため息をついて、カラコロと下駄を鳴らしながら入り口へ出た。暮れ始めた西の空をじっと見上げる。

「兄が今どこにいるかはわかりません……でも浅草界隈にいると思います。兄は浅草が……ことに浅草寺が好きでしたから」

「そうだな」

周は文三の残した絵を思い出して言った。長屋の壁に描かれた震える線の浅草寺五重の塔もまた脳裏に浮かぶ。

「同心さま、兄は絵師だったのですが、絵が描けなくなりました」

おみねは顔を外に向けたまま言った。周はその言葉にうなずいた。

「ああ、調べているうちにわかった。親父さんと同じ、手の震える病だな」

「ええ、そうです……」

おみねはほつれてきた横髪をそっと鬢へと戻した。

「兄は父が大好きでした。絵師を志したのも父の影響です。でもだからこそ、自分には父のような才がないと苦しんでいました。父が暴れるようになってもずっと支えていたんです、父の気持ちがわかるからと」

黄金色の雲を見ながらおみねが語る。そんな文三の姿は、周も、工房の仲間たちも知らない姿だろう。

「そんな兄が自分も同じような病になって、どれほど悲しんで苦しんだか……父の葬儀も母の葬儀も終えて、兄は父や自分の絵道具を売り払いました。もう描かない、描けないと言って」

なにもなかった空っぽの文三の部屋、絵の他に文三は楽しみを持てなかったのだ。

「あたしが覚えているのは兄が家を出る前、浅草寺の境内でぼうっと立っていた姿です」

おみねの声が潤む。頬には涙が伝っているのだろうか？

「……兄はきっと頭の中で絵を描いていたんです。空に描いていたんです……あたしはそんな兄が悲しくてかわいそうで……今でも思い出すのはその兄の後ろ姿なんです……」

黄昏の柔らかな光に縁取られたおみねの背中を、周は見つめるだけだった。

四

翌朝早くから周は浅草に来ていた。なんとしても文三を見つけなければならない。昨日の夜、わざわざ工房の一人が来てくれて、「淺月組の連中が文三を捜して片っ端から居酒屋を覗き込んでいる」と教えてくれたからだ。

半次と一緒にいたのが文三だとばれてしまった。

気の短い連中だ。それだけでもう文三が犯人だと決めつけているかもしれない。

周は夕べ描いた文三の似顔絵を持って浅草寺近くの店を次々と当たった。けれど常から人出の多い浅草だ。記憶に留めている人間などいやしない。

「周、文三はもういい」

昼になっても文三の足取りは摑めない。次の店へ行こうとした周の袖を引いて、子供姿の冥が言った。

「俺はこれから長屋へ戻って乙吉の霊を剝がす」

「おい、待てよ！」

そんなことを言い出した冥に、周は大声をあげた。

「無理やり連れて行くと魂に傷がつくとか言ってたじゃねえか」

「もう待てない。傷がついたとしても転生のときに少し性格や体に難が出るだけだ」

背を向ける冥の腕を周ははっしと摑んだ。

「待てって。乙吉は病のせいで大好きな絵を諦めなきゃいけなかったんだ。その魂がまた傷つけられるのか？　転生しても病になるのか？　哀れすぎるじゃねえか」

「病になるかならないかは転生してみないとわからない」

冥は摑まれた腕を引いたが周は離さなかった。

「少しでも傷がつくような可能性《こと》があるなら止めてくれ」

「だが早く乙吉を連れていかないと……」

冥は空いているほうの手で周の指を外そうとした。

「なにをそんなに焦っているんだ」

周の言葉に冥は手を止め、すっと地面に視線を向けた。

「……焦ってなどいない」

「いや、嘘だね。お前、なんか焦ってる。そもそも長いこと現世にいた乙吉を冥府へ送ることは、お前にとってなんか利があるんだろ」

店が立ち並ぶ通りの真ん中で、同心と子供が言い合いをしているのを、通りすがりの客たちが面白いものでも見るような視線を向ける。

「おまえは結局人間のためじゃなく、自分のために仕事をしてるんだな」

「――仕事とはそういうものだろうが」

冥はいぶかしげに言う。しかし周は首を横に振った。

「少なくとも俺は世のため人のためにやってるぞ。それが俺の誇りだ。お前だって相手が穏やかに逝けてよかったって言ってたじゃねえか。それがお前の誇りなんじゃないのか」

「知ったふうな口をきくな、人間風情が！」

冥はようやく周の手から自分の腕を引き離した。勢い余って、ととっと通りをよろける。

「人間風情だあ!?　俺たち人間がいなきゃ冥府だってただの地面の下の穴じゃねえか！」

周はかっとなって言った。

「そもそも獄卒がどんだけ偉いんだよ！」

「貴様よりは偉い！」

「証拠は！　理由は！」

「おいこら」

急に背後から声をかけられ、襟首をひっぱられた周はたたらを踏んだ。

「お天道様の下でなにをでかい声で言い合いしてんだよ。子供《ガキ》かお前は」

周の後ろにいたのは歌川重良だ。呆れた顔で周を見上げている。

「同心さまが子供相手にぎゃあぎゃあと。ここは天下の往来だぞ」

周りを見渡せば通行人たちがくすくす笑ってこちらを見ていた。

「仲がいいのはけっこうだが……」

「仲などよくない！」

冥が地団駄を踏んで土埃をあげる。

「周の馬鹿が！　唐変木《とうへんぼく》！」

「こ、このくそガキ！　すっとこどっこい！」

つい返してしまうと冥はぱっと身を返して走り出した。長い髪がパシンと周の胸を打つ。思わず伸ばした手の先は髪に届かず、冥はそのまま走り去ってしまった。

「あーあ」

それを見送り重良がため息をつく。

「子供を怒らせたな。どうすんだ、迷子になったら」

「家は知っているから勝手に戻ってくる」

周は憮然として答えた。なぜあれほど冥が怒るのかわけがわからない。しかし先に乙吉を引き剝がされたらことだ。

「とにかく文三を捜さなきゃ……」

「闇雲に捜したって駄目だろうよ」

重良は懐手をしながらあたりを見回した。

「向こうからこっちへ出てきてもらったほうが早い」

「え……そんなことできるんですか？」

「まあ、ひょっとしたらって考えなんだが……」

重良は周に耳打ちした。それを聞いて周が驚きに目を剝く。

「そ、それを俺にやれと？」

「ああ、そうさ。江戸っ子はそういうの大好きだからな！」

浅草寺の境内は大勢の物売りや大道芸人が集う場所だが、今日の大道芸はひと味違うようだ。なにせ黒い羽織の同心が、大きな筆を持って大きな紙に絵を描こうというのだから。

筆と紙は重良が用意した。もともと境内で絵を描く見世物をするために用意していたという。工房の仲間たちも面白がって準備を手伝ってくれた。

畳六畳分にもなる大きな紙を前に周は深呼吸する。

「浅草寺で浅草寺五重の塔の巨大画を描くなんて言ったら、絵師として文三が見に来るに決まっている。まあ文三がこのあたりにいれば、の話だから一か八かだが」

重良はそう周に耳打ちした。

周は筆を持ち、目の前にある浅草寺の五重の塔を睨んだ。古くから立つ塔は、一度消失したが三代将軍家光《いえみつ》により再建された。それからずっと江戸の庶民に親しまれてきた。

「俺はこいつを描いたことはないんですが……」

挑みかかるように自分を見下ろす美しい五重の塔。周はどちらかといえば自然や人物を好んで描いていた。建造物を絵に収めることができるだろうか？

「周の字、描く前からびびってちゃだめだ。塔のてっぺんを押さえつけてでも絵の中に封じ込めろ」

重良が肩を抱えて耳元で諭すように言う。

「師匠が描いてくださいよ」

「同心が描くから話題になるんだよ」

重良は周から丸太のような筆を奪うと、ずぼっと桶の中の墨につけた。

「でかい絵を描くときは最初に全体を捉えろ。細かい部分はいい。大道芸なんだから客が喜ぶように派手に動け。途中で転んでも失敗してもそれなりに受けるから心配するな」

「失敗前提なんだ……」

苦笑するしかない。

「さあ、客がお待ちかねだぞ」

重良は筆を周に渡す。周はもう腹を決めた。見物人の中には工房の連中がいる。もし文三がやってくれれば彼らが見つけてくれるだろう。自分は見世物の猿として、少なくとも出来のいい猿にならなくては。

「よし、行くぞ！」

真っ白な紙の上に、びしゃりと筆を突き立てた。

※

周から逃げ出した冥は、石段に座って頭を抱えていた。さきほどの自分と周のやりとりが頭の中に繰り返し浮かぶ。

「焦ってる」

そう言われて怒ったのは図星だったからだ。

予定の数の霊を捕獲できず、またダキニに「半人前」と嗤われることが我慢できなかった。

そもそも今回現世への捕り方として名乗りをあげたとき、まだ早いと言われていたのだ。それを押し切ってやってきたのだからそれなりの成果を上げねばならない。

「連れ戻されるのだけは避けなければ……俺は現世《ここ》でやらなきゃいけないことがある……」

(俺は自分の仕事に誇りを持っている)

周の声がぼんやりと脳裏に響いた。誇り……誇りとはなんだ？　仕事にそんなものが必要なのか？

周と一緒に今まで出会った霊たちは、冥府に逝くときには穏やかで嬉しそうだった。感謝の言葉を述べるものもいた。そういう霊たちを見送るとき、胸が温かくなる。次の霊もそうやって送れればよいと思うようになった。だがそれだけだ。

穏やかだろうが泣きわめきながらだろうが、冥府へ逝ければよいではないか。彼らには裁きのあと転生が待っているのだから。

だが誇り……誇り……前にも聞いたことがあったような……。

「どうしたんだ、べそかいて」

不意に声をかけられ、冥は驚いて顔をあげた。すぐそばに子供がいた。昨日「えんまさまがころんだ」に冥を誘った少年だった。

「べ、べそなどかいておらん！」

そういえばこの場所は昨日ダキニと会った場所だった。石段を登れば神社の境内。ここはこの子の縄張りだったのか。

「今はかいてねえけど、かきそうな顔だったぜ。どうしたんだ、親に叱られたか、だれかと喧嘩したか」

「ほうっておけ」

「まあまあ、昨日えんまさまをした仲じゃねえか。困っているなら相談にのってやるぜ？」

「困ってなぞ……」

言いかけたが冥は黙り込んだ。そうだ、本当に周などどうでもいいと思っているなら、すぐに長屋にいって乙吉をあの場所から引き剝がせばいい。そうしないでなぜ自分はこんなところで座り込んでいるのだ。

「この世での俺の助が……俺の言うことを聞かないのだ」

「はあ？」

「俺はあいつの命を助けた。だから俺の助になった。なのに、俺の命を聞かない」

少年は呆れた顔で冥を見た。

「お前金持ちの坊ちゃんなのか？　……助だって頭ごなしに言いつけられたら腹が立つだろ。そいつにはそいつの都合があるんだろうし」

「だが俺の助なのだ、主の命には従うべきだろう」

むきになって言う冥に、少年は手をひらひらとさせる。

「よくわかんねえな。お前が主ならそんな助は辞めさせればいいだけの話だろ」

「辞めさせる？」

冥はとまどった。そんなことは考えてもいなかったのだ。

「そうだよ、簡単だろ。なんなら代わりに俺を雇えばいい。俺はこのあたりのことなら何でも知ってるぜ」

少年が身を乗り出して胸に手を当てる。

「貴様を？」

冥は少年を見た。はしこそうな顔をしている。昨日のような遊びを考え出す頭もあるし、それで追いかけ回された冥は彼が体力があることも知っている。だが。

「貴様、仕事をしたことは？」

「あるよ、駄賃稼ぎにいろいろとな」

「――貴様は……仕事に誇りを持っているか」

「はあ？」

少年は顔をしかめた。

「誇りだって？　そんなもんでおまんまが食えるかよ。その場その場でやっていくしかねえんだぜ、こっちは」

「………」

そのとき思い出した。「誇り」という言葉を持っていたものを。そうだ、あいつもそう言っていたのだ。なぜ今まで忘れていたのだろう。

「……代わりはない」

「え？」

「周の代わりはいないんだ。あいつと同じ、誇りを持って仕事をしている周だから……」

「なんだよ」

少年は笑って冥の背中を叩いた。

「大事に思っているんじゃねえか。だったらさっさと立ち上がって謝りにいけよ。向こうだって困っているぞ」

「困っているだろうか」

「主に置いていかれて泣いてるさ」

冥は立ち上がった。

「戻る」

「うん、がんばれ」

少年は手をあげ、今度は腰を叩いた。

「また遊びに来い」

「ああ」

駆けだす冥の後ろ姿を見送り、少年は頬を緩めた。

「まったく、世話がやける、の」

ぽん、と少年の尻から白い尾が伸びた。


五重の塔の全体を描いて周は一息ついた。見物人が多くなってきている。ああだこうだと絵を見ながら指を差し、勝手なことを言っているようだ。

(あとは細かいところを修正して……)

首を回しながら見物人を眺める。しかし周が捜していたのは文三ではなかった。

(なんだよ、俺は。冥を捜しているじゃねえか)

駆けていった小さな後ろ姿。本当は大人だとわかっているが、あの姿が本来の冥ではないかと思えてしまう。

(あいつなんであんなに怒ったんだろう)

焦っていると言ったとき、顔を隠してしまった。

本当に焦っていたのか。なにか理由があるのだろうか。訳も聞かずこっちもかっとなって怒鳴ってしまった。大人のくせに修行がなってないぞ、高村周。

周は細い筆を持つと屋根の線を描くために紙の上に膝をついた。すいすいと線を引いてゆく。

じきに頭の中から冥のことは消えた。ついでに文三のことも消えていく。ただ一心に上から下へ線を引くことが楽しい。絵ができあがってゆくことが楽しい。

「……のじ、周の字……！」

耳元で師匠の声が聞こえた。はっと顔をあげるとすぐそばにしゃがみこんでいる。重良は口の前で指を立て、もう片方の手でこっそりと背後を差した。その肩越しに見ると、見物人の中に捜していた顔があった。

「文三……っ」

周は立ち上がった。師匠を飛び越え、見物人の中の文三に飛びかかる。

「捕まえたぞ、文三！　半次の件、俺の件、それから親父さんのこと、いろいろ聞きたいことがあったんだ！」

「あ、周……っ」

文三は地面に押し付けられ、苦し気にもがいた。

「おう、俺が生きてて驚いたか」

うつむいた文三の肩が揺れている。泣いているのかと思ったら、文三は笑っていた。

「周、お前はもう、ほんっとに絵師じゃねえんだな」

「なに？」

「お前はもう同心なんだな。絵師なら絵を完成させずにはいられねえ。俺を捕まえるために筆を放り投げるなんて、絵師じゃねえよ」

はっと周は絵を振り返った。確かに筆を落としてしまい、今師匠がそのために汚してしまった箇所を修正している。

「お、俺は……」

「もういい、絵師じゃなくなったんなら俺がお前を殺す理由もねえ。絵師の高村周閑はとっくに死んでいるんだ」

「ぶ、文三……」

わあっと人垣が揺れた。目をやると人相の悪い男たちが大勢割り込んできたところだった。

「文三！　てめえ！」

「よくも半次をやりゃあがったな！」

淺月組のヤクザたちだ。彼らもまた文三を捜していたことを忘れていた。

「文三、来い！」

周は文三の腕をとって駆けだそうとした。だがその前に男たちが両手を広げて立ちはだかる。

「逃がしやしねえぜ」

「どけっ！」

周は腰の十手を探し、「あっ」と思った。十手は描き仕事の邪魔になるので抜いてしまったのだ。

「くそっ！」

目の前の小柄な男が天秤棒を振りかざす。とっさに避けたが当たっていたら頭が割られていた。だが文三を離すわけにはいかない。

「く、くそう……」

天秤棒の男がもう一度棒を振り上げた。文三を庇おうとした周の目の前に黒い影が割って入る。

「……えっ」

黒い着物に赤い袴、流れる黒髪。その男は飛びかかってきた男の天秤棒を摑み、あっさりと地面に叩きつけた。

「冥！」

冥だ、しかも大人の姿の。

まだ日は高いのに、大人になっている。

「周、逃げろ」

冥が背中で言った。声は落ち着いて、むしろ穏やかだ。

「先に文三を長屋に連れて行け」

「お、お前は⁉」

「こいつらを足止めする、早く」

周は文三の手を取り直し、立ち上がって駆けだした。ちらと振り向くと冥が両手を広げて立っている。その背中の安心感。

「すまねえ、冥！」


冥は押し寄せるヤクザたちに氷のような冷たい目を向けて対峙していた。

「てめえ、なにもんだ！」

ヤクザにも冥の得体の知れない強さがわかったのか、様子を窺って立ち止まっている。

「どけえ！」

奇声と共に天秤棒を持った男が再度殴りかかってくる。冥はその棒を手刀で叩き折った。天秤棒の先端が、くるくる回りながら飛んでゆく。

別の男が匕首を腰だめにして飛びかかってきた。それをくるりと反転して避け、その勢いのまま、蹴り飛ばす。男は一間（約一・八メートル）ばかりも飛んだ。

「さあ、かかってこい」

冥は赤い唇を片側に引き上げた。

「勝手に俺の助に手を出した罪は、閻魔さまのお裁きを待つ必要もない」

数人が匕首をぎらりと光らせ冥に躍りかかる。その匕首をはたき落とし、飛び込んできた男の腹に膝を入れ、飛び上がって脳天にかかとを打ち付けた。

「まだ謝っていないのだからな」


浅草の乙吉の長屋に来ると、文三は驚いたようだった。

「なんでここに……」

「お前に見せたい……会わせたい人がいるんだ」

「いやだ！　やめろ！」

文三は木戸に摑まって抵抗したが、周は強引に乙吉の部屋まで引っ張ってきた。

「離せ！　入りたくねえ！」

文三は子供のようにわめいた。

「お前が長年住んでた部屋だろうが！」

「いやだ、ここは、ここだけは！」

周は文三を押さえつけながら戸を開け、中に突き飛ばした。文三は土間に転がってうずくまる。

「どうしていやなんだ、親父さんが死んだからか」

「うう……」

「文三、ここにいるのが誰かわかるか」

「……」

文三は恐る恐る顔をあげた。午後の長い日差しががらんとした部屋の中まで届いている。壁に描かれた浅草寺の五重の塔もその陽光に鮮やかに浮き上がっている。

「誰も……誰もいねえよ」

「いるんだよ」

周は文三の着物の襟を後ろから摑んでずるずると引きずった。板の間にあげ、部屋の隅に顔を向けさせる。

「いいか、よく見ろ」

髷を摑み、ぐいと持ち上げた。そこに。

「ひ……っ」

文三の喉から抑えた悲鳴があがった。

「お、おや、じ……」

黒い影となった乙吉の姿があった。

五

「文三、聞こえるか？」

両手をつき、はっはと荒い呼吸を繰り返す文三の耳に周は囁いた。

「乙吉が言っていることが」

「そ、そんなこと聞かなくてもわかる！　親父は俺を恨んでいるんだ！」

「文三、落ち着け！　落ち着いてよく聞くんだ」

「いやだ、いやだ、いやだぁ！」

文三はめちゃくちゃに暴れ出した。周が文三の体に覆い被さって押さえつけなければならないほどだった。

「聞けって！」

周は文三の頭を両手で摑み、無理やり顔を乙吉のほうへ向けた。

（……三、すまねえ……文三、すまねえ……）

乙吉はそんな文三を見ているのか見ていないのか、ただ言葉を繰り返している。

「お、おやじ……？」

ようやく聞こえたその声に、文三は驚いたようだった。

「なん、て？」

（文三……すまねえ……すまねえ文三……俺の子に生まれたばっかりに俺のこのやくたいもねえ血を受け継いで……お前まで病にしちまった……）

乙吉の目からほとほとと涙が落ちる。

（ずっとずっと……謝りたかった……なのに俺は酒に逃げて……お前をまともに見ようともしなかった……）

「……」

文三は目を見開いて父親を凝視している。

（だからお前にあんな真似をさせちまって……ほんとにすまねえ……）

「親父！」

文三は這いずって父親のそばに寄った。手を差し伸べるがその手はなににも触れず、影の中に入り込む。

「親父、そんな……そんな……」

文三の目からも涙がこぼれ落ちた。

「そんなこと思ってたなんて俺はちっとも知らなかった。知らなかったんだよ、親父」

（文三、すまねえ……文三……すまねえ……）

「やめてくれ、やめてくれよ……俺は知らなかったんだ、だから……だからあんたを……殺して……しまった……」

えっ、と周は文三を見た。今なんと言った？

「俺は親父を殺したんだ……酔って暴れておみねを殺しそうになったから……俺とお袋は親父を押さえつけて……俺が手ぬぐいで親父を……」

「文三……お前」

文三は涙を散らせて周を振り向いた。

「周、捕まえてくれ俺を。父親殺しの俺を……。酔って暴れる親父が憎かった。それにも増して俺は絵が描けなくなったのを親父のせいにして憎んだんだ。周、捕まえて獄門台につれていけ。それが俺にできる償いだ……ああ、だけど」

文三はもう一度父親の前に顔を突き出し、話しかけた。

「親父、聞こえるか。すまねえ、俺はなんてことを……」

（文三、すまねえ……すまねえ……）

乙吉は泣きながらただ繰り返す。

「病はあんたの血かもしれねえ、でも俺が絵を描きたいのもあんたの血なんだよお、俺とあんたは結局どこまでいっても親子なんだよお」

（文三……文三……）

「親父、聞こえないのか、聞こえないのかよお……」

周は親子の愁嘆場にどうすればいいのかわからず突っ立っていた。互いに謝りながら通じ合えない。これでは生きていたときと同じだ。

なんとかしてやりたかった。息子の声を父親に届けたかった。どうすれば、どうすればいいんだ――。

「周」

カタリと障子戸の開く音がした。振り向くと日差しを背に受けて冥が立っている。

「冥……」

その姿が周には救いの形に見えた。

「冥！　なんとかしてくれ、なんとかしてやってくれ！　これじゃあんまりかわいそうだ！」

周は泣き出したいのを堪えて叫んだ。父親の思いが息子に通じた、それを父に伝えたい。

「わかった、やってみる」

冥はつかつかと部屋に入り、乙吉と文三の間に立った。懐から鬼灯の枝を取り出し、それを空に二、三度振る。するとたちまち白い狐が現れた。

「ダキニ」

「おやおや、まだ霊はそこにいるの。なのになぜ我を呼び出したの」

狐はくわりと大きく口を開け、怪訝そうな声を出した。文三は驚いてのけぞっている。

「お前の耳を貸して欲しい」

「我の耳？」

冥は謝り続ける乙吉の霊に目線を向けた。

「この霊はなにも聞かずなにも見ない。こちらの言うことがわからないのだ。お前の耳と目をこの霊に貸して欲しい」

「本当にそんなことをお前が願うの」

狐はきゅっと目を細めた。獣の顔にニヤニヤと嗤いが浮かぶ。

「我に頼ると言うの。それではお前はいつまでも半人前の称号が取れないの」

「半人前でいい」

冥は狐を見上げて言った。両手を広げ、乞うように伝える。

「俺は確かに半人前だ。半人前だからお前にも頼る。だが、それは霊の魂のためだ。霊を納得させ、魂を傷つけずに冥府に送りたい。それが俺の仕事だからだ」

白い狐は笑っているような口を閉じ、じっと黄色い目で冥を見た。

「……ふうん、半人前が一人前の口をきくの」

狐は一度くるりと前回りした。

「承知した。我の耳と目を貸してやろう、の」

そう言うとふわりと影のような乙吉の体に覆い被さる。狐の姿が消え、乙吉の輪郭がよりはっきりとした。

「さあ、呼んでみろ」

冥は文三に言った。文三は驚愕に声もなかったが、そう言われてあわてて父親の前に這って寄った。

「お、親父」

「………」

乙吉が顔を上げた。

「ぶん、ぞう……」

「親父」

二人の視線がしっかりと絡む。

「ああっ、文三、文三！　俺は俺は、お前にもう一度謝りてえと」

「親父、俺も、俺こそ謝りたかった」

「俺のせいだ、全部俺のせいなんだ、文三」

「違う、親父の、父ちゃんのせいじゃない。俺が弱かっただけだ」

父子は抱き合って泣き崩れた。

「俺は、俺はずっと芽が出なくて、病になって筆が執れなくなったとき、どこかでほっとしたんだ。これでもう描かなくていいって……。だけど、描けなくなってから、もっとずっと苦しくなった。もっとちゃんと描いていれば、諦めずに絵を続けていればって……」

「文三、文三……」

「俺は親父みたいになりたかった。父ちゃんのような絵を描きたかった。俺は親父が……父ちゃんの絵が好きなんだよ……」

「文三……ううう」

泣いて泣いて、どのくらいの時間がたっただろう。ようやく涙も涸れた頃、父親は震える手で息子の頭を撫でた。

「俺は恨んじゃいねえよ、文三。ほんとに恨んでないよ」

「父ちゃん……」

「おっかさんにもおみねにもすまないことをした。謝っておいてくれ」

その言葉に文三は体を揺らし、悲しげな顔で首を振った。

「父ちゃん、おっかさんは……もう先に亡くなったんだよ」

「そうか。じゃあ早く逝ってやんねえとな。あいつに謝ること、たくさんあるんだ」

乙吉の体の輪郭がぼうっと光る。穏やかな笑みを浮かべて父親は手を上げた。

「あばよ、文三……またな」

「うん、父ちゃん。じきに会えるよ……」

乙吉は冥と周を見ると小さく頭を下げた。

「息子と話をさせてくれて……ありがとうよ」

冥は鬼灯の枝を振った。乙吉の姿があっという間にその紅い実の中に吸い込まれてゆく。

もう一度振ると白い狐が再び現れ、首まで裂けそうな大きな口でぱくりと実を咥えた。

「では、の」

「ああ、頼む」

ダキニは白い体でくるくる回り、長い爪の先で冥の顎を引っかけた。

「半人前は仕方ないの、これからも我を頼るといいの」

「冥は半人前なんかじゃねえ！」

周が冥の肩を押さえて言った。

「冥の仕事に懸ける思いは一人前だ！　訂正しろ、狐野郎」

ダキニはおかしそうに目を細め、冥から前肢を離した。

「人間がの、獄卒を擁護するか。まあお前たち……二人で一人前だ、の」

「なんだとう！」

狐はきゃきゃきゃと笑い声を上げ、長屋の天井に消えていった。


周は文三を連れて部屋を出た。文三はすっかり大人しく、気力も失っているようだった。

「あの狐は……あの男はなんなんだ、周」

文三は後ろから付いてくる冥をちらりと見ながら聞いてきた。

「まあ……冥府から来たやつらだ。この世にとどまっている霊を冥府に連れて行くんだ」

「お前、とんでもねえものと知り合いなんだな」

とんでもないと言いながらも文三の言葉には怪しむ様子はなかった。もっとも目の前で見ていれば受け入れるしかない。

「父親が誰かに殺された、というのはお前たち母子の嘘だったんだな」

周が言うと文三はうなだれた。

「俺とお袋で殺したんだ。そうでもしないとおみねが……」

うん、と周はそのあとを言わせなかった。

「そして三人とも家にいなかったと証言したんだな」

文三はずるずると草履を地面に押しつけるようにして歩いている。

「お咎《とが》めは受けなかったけど、お袋はあのあとひどく気に病んで……寝付いてしまったんだ。それからじきに死んでしまった。長いこと苦しまなくてよかったよ」

家族を殺してしまったあとの苦しみを思って、周はなにも言えなかった。おみねが同心である自分の姿を見て怯えたのもそのせいだろう。

「文三――絶対に聞きたかったことがある。俺を襲ったのはなぜだ?」

「ああ……ありゃあ……」

文三は足を止めると周に顔を向けた。

「憎かったんだよ」

両の目が冷たく周を睨む。真正面からぶつけられる憎しみに、周は少しよろけてしまった。

「絵を描きたかったのに描けなくなった俺と違って、何の不自由もないのに絵師にならず同心になってるお前がさ」

日本橋の押し込みの件であのあたりの店を聞き込みしていた頃、文三は周を見た。頭は月代を剃っていなかったが黒い同心の羽織を着ていたので驚いた。

「お前は絵師になっていると思っていた。ガキの時分にあれほど巧かったお前だ。なのに、同心になってるなんて。見間違いかとずっと疎遠になっていた歌川の工房にまで行って、確認して、ほんとうに同心になってると聞いたときの俺の気持ち……っ！」

文三は拳を握って身を震わせた。

「おまけにお前は声をかけた俺が誰だかわからなかったんだ。ふざけるな！　悔しかった……憎かった……！　俺は絵を諦めなきゃいけなかったのに、お前は……っ！」

ぐっと羽織の襟を摑まれ顔を寄せられる。鼻先がぶつかりそうなくらいまで近づいて、周は文三の目を見つめた。

「だから……か」

「そうだ、だから毒を手に入れてお前を襲ったんだ」

文三は羽織から手を離すと、ふうーっと空を仰いで息を吐いた。今までの激高が嘘のようにさばさばした表情だった。

「だけどお前が生きていてよかったと……今日絵を描いているお前を見て思ったよ。浅草寺の絵、よかったじゃねえか」

「……」

「怒ったか？　怒るよな、当然だ」

文三はまたずるずると草履の底をひきずるような歩き方で先に進む。歩くたびに右の肩がひょこりひょこりと下がった。

怒る？　いやそうじゃない。確かに死にかけたときの恐ろしさといったらなかった。目が見えなくなるかもしれないという絶望といったら怖いの怖くないのって。

だけど。

そこまで憎まれて……どこか妙な嬉しさがあるっていうのは、俺がおかしいのだろうか？　文三がそれほど自分を買ってくれていたのが驚きだった。

「だけどあの毒でお前は死ななかったって聞いて、毒を売ったやつと喧嘩になったんだ。それが半次だよ」

「半次！」

ここへ来て半次殺しの話が出てきた。

「お前半次と一緒にいたっていうのはその喧嘩のときか」

「ああ、そうだ」

文三はあっさりと認めた。

「喧嘩して……殺したのか」

「いいや」

「そ、そうか」

ほうっと周は安堵のため息をついた。じゃあいったい……。

「……誰が半次を」

「そりゃあ、浅月組の六輔《ろくすけ》だ」

今度もあっさりと、放り投げるように言う。周は驚いて文三の肩を引いた。

「誰だって⁉」

「さっき、浅草寺で天秤棒振り回していたやつ、あいつだよ」

文三は首を回して言った。

「え、ええ？」

「俺が半次と別れてからあいつが店に来たんだ。間違いねえ。あいつも半次からなにか薬を買ってたから、やっぱりそれで喧嘩になったんじゃねえかな」

「そうだったのか」

だったら天秤棒で頭を叩き潰そうとしたのもうなずける。死人に口なし、文三を犯人にして殺してしまえば浅月組は満足する。

「わかった、俺は六輔をひっぱる」

「……俺もだろ」

文三は立ち止まり、くるりと周を振り返った。

「え？」

「父親殺しの重罪人だ。俺も奉行所に連れていけよ」

周は文三を見て、ゆっくりと首を横に振った。

「……お前は他に連れていくところがある」


周が文三を連れていったのは浅草寺境内だった。巨大画の見物人はまだ大勢残っていた。歌川一門の連中が、浅草寺五重の塔の仕上げに取り組んでいるのだ。

「師匠！」

周は人垣の向こうから重良を呼んだ。

「おお、周の字！　おお……、文三……！」

師匠は両手をあげて周たちに応えた。

「もうじき完成ですか」

「ああ、だけどてっぺんの相輪《そうりん》は残してあるぜ、お前が仕上げたいかと思ってよ」

師匠が指さしたとおり、五重の塔のてっぺんの鉄の飾りが描かれていなかった。

「ありがとう、師匠。筆を借ります」

周は文三をひっぱって紙の上の部分へ向かった。

「お、おい周」

「文ちゃん、一緒に描こう」

周は昔のように呼んだ。文三がえっと目を見開く。

「馬鹿を言うな、俺の手は」

「大丈夫、手伝うよ」

周と文三は屋根の絵の上に座った。桶の中の墨に筆を浸し、文三に持たせる。

「あ、周……」

文三の手がぶるぶると震えている。周はその手の上からしっかりと握りしめた。

「一緒に描こう」

「周、無理だ」

「いいんだ」

確かに文三の腕の震えは周が握ったところで治まりはしなかった。しかし周はそれでも文三の手で相輪を描かせたかった。

いくつも重なった相輪の線が震える。それをなぞりなぞり、ゆっくりと根気よく、周は描き続ける。

「ああ……」

文三の目に、あれだけ泣いたのにまた涙が溢れてくる。

「絵だ……」

五重の塔のてっぺんに相輪が現れた。

「楽しいなあ……楽しいなあ、周ぇ……」

ぶるぶると震える手を握って文三が泣き笑う。

「文ちゃん」

周は文三の目を正面から見つめて言った。

「俺は文ちゃんをひっぱらねえよ」

文三は驚いた顔で周を見返した。

「だって文ちゃんは妹を助けるためにしたことなんだろ。親父さんも恨んではいないって言ってたじゃねえか。文ちゃんの親父さんが死んだのは、やっぱり奉行所も捕まえられない犯人のせいなんだよ」

同心としてはあるまじき言葉だが、周は心からそう思って言った。

「周……」

「おみねさん、寂しそうだったよ。たまには顔を見せてやんなよ」

「周、周ぇ……」

文三はそれでも首を横に振った。

「だめだ、やっぱり俺は奉行所に行く。それが俺のけじめなんだ。きちんと罰を受けて、あの世で親父に会わなきゃ」

「文ちゃん……」

いっそ晴れやかな顔で文三は笑う。

「お前は優しいなぁ、周。なあ、お前は絵を描き続けてくれ。同心になっても絵を描いていいだろ？　絵描きは絵を描かないと死んじまうんだよ」

そう言って文三は周の手を握る。今は震えていなかった。力強く、熱く握った。

「……俺、描いてるよ」

「え？」

「落書きだけど……ああ、ほら、文ちゃんの似顔絵。これ持って聞き込みした」

周は懐からしわくちゃになった文三の似顔絵を出した。文三はそれを手にすると、くしゃっと笑う。

「ひでえな、俺、今こんな顔してんのか。これじゃあ思い出せったって無理かあ」

その笑顔は十年前の文三を思い出させた。

「文ちゃん……」

「ありがとなぁ、周」

文三は紙から立ち上がると、工房のみんなや見物人に向かって頭を下げた。そして静かに立ち去った。

周は止めることができなかった。

終

浅草寺で派手な大道芸をしたことを小田島にきつく叱られた。誰かが告げ口をしたらしい。それから少し前に、文三という男が十年前に父親を殺めたと出頭してきたと聞いた。自分から出てきたことや、母や妹を守るためだったということは考慮されるだろうが、親殺しは重罪だ。死罪はまぬがれない。

周は黙って聞いていた。

奉行所の門を出るといつものように冥が待っていた。

「よう」

手を上げると冥が塀から身を離す。

「お前、昼にも大人になれるんだな」

歩き出しながら周が聞いた。冥はうなずいて、

「ああ……駆けつけたら貴様が危ないところを見た。そうしたらこの姿になっていた」

そう言って両手で自分の胸を叩く。

「子供の姿では貴様を守れないからな、そういう仕組みなのだろう」

「別に守ってもらわなくても」

「そうか？　頭を割られてなかったか？」

周は振り下ろされた天秤棒を思い出し、ぞっと首をすくめた。

「冥、その……助けてくれてありがとう」

「うむ」

「それから、昼は俺も言いすぎだった、すまん」

「うむ」

冥はスタスタと歩いていたが、急に立ち止まるとくるりと振り向いた。

「だめだ」

「え？　あれ？　やっぱり許してくれないのか？」

「違う。俺が先に謝るべきだったのだ」

冥は周にぺこりと頭を下げる。

「俺も急に怒ってしまってすまなかった」

「お、おう……」

「実は貴様をくびにして、別なものが代わりをしたいという話もあったのだ」

冥は頭をあげて真面目な顔で周を見た。

「え？」

「しかし、俺は貴様がいい。貴様の代わりはいない」

「………」

「だから謝る。これからも俺の助でいてくれ」

「……なんだよ」

周は照れくさくなって鼻の下を擦った。

「そんなふうに言われるとむずむずするな」

「風邪か？」

「ちげーよ！」

まだ明るい西日の中を二人は歩調を合わせながら歩いた。

「冥、文三を父親に会わせてくれてありがとう」

「霊の魂に傷をつけないためだ」

冥はいつものようにそっけなく答える。

「うん、それが嬉しいんだ」

「貴様は他人のことでも喜ぶのだな」

周はへへ、と歯を見せて笑う。その顔を見ながら冥は呟いた。

「……俺は……目的があって現世にきたのだ」

「目的？」

「見つけたいやつがいるのだ、そいつを冥府に帰したい」

「大事な人なのか？」

冥は少しためらったが、顔をあげてはっきりと答えた。

「兄弟のようなものだ。俺より先に現世で霊を回収する仕事をしていた。だが、あるときから戻ってこなくなったのだ」

「なぜ？」

冥は首をそっと振った。

「理由はわからん。それも知りたいと思う」

「そうだったのか」

周のほうを向き、

「貴様が……仕事に誇りを持っていると言ったとき、そいつも同じことを言っていたと思い出した」

「………」

「霊に穏やかに逝ってもらうのが喜びで誇りだと……俺にはそのときはよくわからなかったが……今日わかった気がする」

「そっか」

文三と語ることができて乙吉は心残りなく、穏やかに逝けた。あの晴れ晴れとした表情を見て、周は心からよかったと思った。そして冥がこれからもあんな仕事をしてくれるなら、とても嬉しい。

「俺はお前に命を救われてよかったと思ってるよ。この目を貰ったことも一緒にな」

「そうか」

冥はそう呟くと、さっと向こうを向いてしまった。彼が今どんな顔をしているのか、とても見たいと思ったが……周はあえてそっぽをむいた。覗いたら覗き返される。そのとき自分がどんな顔をしていればいいのかわからなかったので。

「冥、一番星だ」

まだ明るい空に白く輝く星が出る。その言葉を受け、冥が空を見上げた。

二人で揃って星を見上げる。そんな相棒でいい。そんな相棒がいい。

「一番欲しいのは霊だよな」

周が言うと冥が「ぐっ」と胸を押さえる。しまった、うっかりだじゃれを飛ばしてしまった。

「……そういうくだらないことを言うなと」

「すまん、悪気はないんだ!」

「まあいい、だいぶ慣れた。それに今のはほんっとにくだらなかった」

「ええー?」

「早く帰るぞ」

いつもの冷たい横顔だったが、ほんの少し柔らかく見えたのは、暮れなずむ日の温かな朱色が、白い貌を染めていたからだろうか……。

光文社文庫

文庫書下ろし

見習《みなら》い同心《どうしん》と冥府《めいふ》の使者《ししゃ》

著　者　霜《しも》　月《つき》　り　つ

2025年 3 月20日　初版 1 刷発行

発行者　三　宅　貴　久
印　刷　萩　原　印　刷
製　本　ナショナル製本

発行所　株式会社　光　文　社
〒112-8011　東京都文京区音羽1-16-6
電話（03）5395-8147　編　集　部
8116　書籍販売部
8125　制　作　部

落丁本・乱丁本は制作部にご連絡くだされば、お取替えいたします。
ISBN978-4-334-10582-2　Printed in Japan

組版　萩原印刷

光文社キャラクター文庫　好評既刊

後宮女官の事件簿　藍川竜樹《あいかわたつき》

後宮女官の事件簿㈡　月の章　藍川竜樹

後宮女官の事件簿㈢　雪の章　藍川竜樹

後宮に紅花の咲く　濤国死籤事変伝《とうこくしせんじへんでん》　氏家仮名子

神楽坂愛里の実験ノート　絵空ハル

神楽坂愛里の実験ノート2　リケジョの帰郷と七不思議　絵空ハル

神楽坂愛里の実験ノート3　リケジョと夢への方程式　絵空ハル

神楽坂愛里の実験ノート4　リケジョの出会いと破滅の芽　絵空ハル

光文社キャラクター文庫　好評既刊

フォールディング・ラブ　折りたたみ式の恋　絵空ハル

星降る宿の恵みごはん　山菜料理でデトックスを　小野はるか

チーズ店で謎解きを　小野はるか

明治白椿女学館の花嫁　落ちぶれ婚とティーカップの付喪神　尾道理子

明治白椿女学館の花嫁２　銀座浪漫喫茶館と黒猫ケットシー　尾道理子

千《せん》手《じゅ》學園少年探偵團　金子ユミ

千手學園少年探偵團　図書室の怪人　金子ユミ

千手學園少年探偵團　浅草乙女歌劇　金子ユミ

光文社キャラクター文庫　好評既刊

千手學園少年探偵團　真夏の恋のから騒ぎ	金子ユミ
千手學園少年探偵團　また会う日まで	金子ユミ
ことぶき酒店御用聞き物語	桑島《くわじま》かおり
ことぶき酒店御用聞き物語2　ホテル藤の縁結び騒動	桑島かおり
ことぶき酒店御用聞き物語3　朝乃屋の結婚写真日和	桑島かおり
ことぶき酒店御用聞き物語4　サクラリゾートのゴシップ	桑島かおり
ことぶき酒店御用聞き物語5　湖鳥温泉の未来地図	桑島かおり
見習い同心と冥府の使者	霜月りつ

光文社キャラクター文庫　好評既刊

江戸川西口あやかしクリニック5　ふたりの距離	藤山素心
江戸川西口あやかしクリニック6　幸せな時間	藤山素心
うちの若殿は化け猫なので	三川みり
豆しばジャックは名探偵　迷子のペット探します	三萩せんや
豆しばジャックは名探偵2　恋も事件も匂います	三萩せんや
食いしんぼう魔女の優しい時間	三萩せんや
雛の結婚	三萩せんや
水神様の舟	芳納　珪

KOBUNSHA